Wolf Weitbrecht · Das Psychomobile

Wolf Weitbrecht

DAS PSYCHOMOBILE

Phantastische Erzählungen

Greifenverlag zu Rudolstadt

Mit Illustrationen von Rolf F. Müller

Das Psychomobile

Ottokar hatte eine Erfindung gemacht. So verrückt, so absurd, so unmöglich phantastisch, daß er den Atem anhielt, wenn er daran dachte. Und doch: es tickte und blinkte, und die blitzenden Nickelrädchen drehten sich emsig; es war kein Traum, sein Psychomobile.

Er hatte wenig Freunde, was er auf seinen Vornamen schob, den er scheußlich fand. Aber sein Großvater hatte auf Ottokar bestanden, und das wegen eines gewissen Ottokar Domma, den der Großvater als Junge heiß geliebt hatte und von dem er ihm, dem lebendigen Ottokar, unendlich lange Geschichten erzählte. Eine Witzblattfigur aus dem vergangenen Jahrhundert . . . Nach ihr zu heißen war eine Strafe. Kein Mädchen konnte ernst bleiben, wenn er sich vorstellte. Ja, als Conny, Jonny oder Ecky wäre ich viel leichter durch die Welt gekommen, räsonierte Ottokar oft, wenn der Lötkolben zischte beim Verdrahten irgendeines neuen Modells, das er sich ausgedacht hatte.

Schon im zarten Pionieralter hatte er in der elterlichen Wohnung zahlreiche Kurzschlüsse provoziert und seine Mutter fast zu Tode erschreckt, als sie eines Tages die gute Bohnermaschine in sämtliche Teile zerlegt auf dem Teppich im Wohnzimmer fand; Otti, wie sie ihn liebevoll nannte, war gerade dabei, eine Funkfernsteuerung einzubauen. Tatsächlich klappte die Sache und wurde im Hause nicht wenig bestaunt. Doch „Otti“ war ihm genauso zuwider wie Ottokar.

Ein Versuch, im Studentenwohnheim den alten Namen abzuschütteln wie ein Hund nach einem kräftigen Seifenlaugenbad die Flöhe, mißlang. Vierzehn Tage lang konnte er die Fiktion aufrechterhalten, er heiße Conny Wollgerber, aber Mutters erstes eingeschriebenes Paket und ein Zettel am Schwarzen Brett, Ottokar Wollgerber solle es beim Postamt N 54 abholen, zerstörte alles. Er war wieder Ottokar, wie eh und je.

Allerdings, das sei um der historischen Wahrheit willen gesagt, brachte ihm seine Bastelgeschicklichkeit im Wohnheim viele Sympathien ein und auch einen wirklichen Freund.

Der Umstand, daß Paulus Müller ebenfalls einen so absonderlich altmodischen Vornamen mit sich herumschleppte, machte die beiden von Anfang an zu Verbündeten. Paulus – daran war kein Großvater, sondern der Vater selbst schuld. Dieser Vater wünschte sich einen Sohn, mit dem er Indianer spielen, die Eisenbahn entgleisen lassen und tausend andere Dinge tun konnte, die ein Mädchen nie verstehen würde. Doch das Schicksal bescherte ihm ein Mädchen nach dem anderen. Als seine Frau zum sechsten Male schwanger war, versicherte sie, diesmal würde es bestimmt ein Junge, sie fühle sich so anders. Er aber, skeptisch durch Erfahrung, erwiderte ungläubig, Nummer 6 wäre todsicher wieder eine Ramona oder Ilona oder dergleichen. Doch als der Anruf aus der Klinik kam, ein strammer Sohn habe das Licht der Welt erblickt, wurde aus dem Saulus ein Paulus, und eingedenk der alten Historie beschloß er den Sohn Paulus zu nennen, sich selbst zur ständigen Mahnung an seine widerlegte Ungläubigkeit.

Paulus war, als er sich mit Ottokar anfreundete, beleibt trotz seiner Jugend, liebte es, seine Molle zu zischen, und nahm das Studium nicht allzu ernst, war aber ein kluges Köpfchen. So war er nach kurzer Zeit Hauptnutznießer von Ottokars Bastlertalent und besaß bald nichts mehr, was nicht durch dessen Hände gegangen und durch seine Geschicklichkeit veredelt worden wäre. Zum Beispiel koppelte Ottokar den Elektrorasierer des Freundes mit einem Kölnisch-Wasser-Spray, und Paulus' Transistorradio war gleichzeitig ein melodischer Wecker.

Das waren nur einige Freundschaftsbeweise, die der schlaksige, rotgelockte Ottokar seinem rustikalen Freund entgegenbrachte, der seinerseits ihn lehrte, Spiegelei mit fetter Leberwurst zu braten und auch zu essen und Gefallen an einem Getränk zu finden, das Krambambulibockforzulorum hieß und ihm anfangs greulich schmeckte.

Ottokar ging nach dem Studium, seiner Begabung folgend, als Entwicklungsingenieur in einen Betrieb, der Bioprothesen herstellte – durch biologische Ströme gesteuerte künstliche Hände, Füße, ja in letzter Zeit sogar künstliche innere Organe. Eine sehr interessante Arbeit.

Paulus hingegen blieb an der Universität, schwang sich in einer Art Selbstverleugnung bis zum Doktor der Wissenschaften auf, um dann als Professor der Physik im Genuß eines Lehrstuhls und eines Forschungsthemas sich für den Rest des Lebens einzurichten.

Zunächst hatte Ottokar daran gedacht, seine ihm selbst unheimliche Erfindung „Perpetuum mobile sensuale“ zu nennen, war aber dann davon abgekommen. Schlicht und einfach bezeichnete er sie als „Psychomobile“.

Die Idee hatte Ottokar nach dem Studium der neuesten Arbeiten des Neurophysiologen A. I. Iwatschkin gehabt. Iwatschkin war der Nachweis gelungen, daß Emotionen zwei verschiedene Grundtypen von Bioströmen ergeben: Freudige Gefühle – wie Freude, Liebe, Heiterkeit, Behaglichkeit – ergaben langgezogene, sanfte Wellen; wie liebliche Hügelketten zwischen grünen Auen. Unlustgefühl dagegen – wie Ärger, Neid, Zorn, Enttäuschung über die nicht erhaltene Prämie oder gar Haß – erzeugten spitze, hohe, unregelmäßige Zacken und ergaben erhebliche Spannungspotentiale gegenüber den sanften Freudewellen.

Nun – wozu war Ottokar Entwicklungsingenieur für Bioelektronik? Ihn faszinierte die Idee, diesen hohen Spannungspotentialen sozusagen die Spitze abzukappen und mit den so gewonnenen Energien etwas Nützliches zu tun. Beispielsweise ein Motorchen anzutreiben ...

Zunächst wollte es schwer gelingen, die „Negawellen“, wie er sie bezeichnete, drahtlos aufzufangen. Sein erstes Modell sah daher auch reichlich antiquiert aus: ein mächtiger Helm, der einer Versuchsperson übergestülpt werden mußte, dazu bizarre Antennen und ein recht unhandlicher Verstärker.

Der erste Selbstversuch scheiterte. Es wollte ihm einfach nicht gelingen, sich mit dem Ding auf dem Kopf zu ärgern! Einerseits war er viel zu aufgeregt, ob der Effekt zustande kommen würde, zum anderen überwog die naive Freude, so einen Einfall gehabt zu haben. Ärger, Neid, Mißgunst – nein, offenbar war er fern von solch negativen Emotionen.

Und doch sollten sich die blitzenden Rädchen seines Versuchsmotors bald drehen. Einem Mitarbeiter war vom Chef ein Verbesserungsvorschlag abgelehnt worden. Ottokar hörte über drei Räume hinweg, wie der Kollege die Tür zum Chefzimmer zuknallte, so einen Mordsrochus hatte er auf den Alten. Das war die Gelegenheit! Ottokar stürzte auf den Flur, schleppte den Erbosten in sein Labor, stülpte ihm den Helm über und redete wie ein Wasserfall auf ihn ein: Jetzt müsse er sich erst einmal beruhigen, die Bioströme würden seinen Ärger wegspülen und derlei Versprechungen mehr. Die erzwungene Ruhehaltung und der ungewohnte Helm lösten die angestaute Wut des Kollegen erst recht aus. Er schimpfte wie ein Rohrspatz, schalt den Chef borniert, überheblich, ja gar einen eitlen Kleinbürger, und Ottokar sah mit geheimer Wonne, wie seinem ersten Versuchsmotor Energiestoß um Energiestoß zugeführt wurde.

Nach zehn Minuten stand der Kollege auf, nahm den Helm ab, grinste, klopfte Ottokar anerkennend auf die Schulter und sagte: „Das hat wirklich gut getan! Jetzt ist mir wohler, dein Beruhigungshelm ist eine tolle Erfindung, Otti! Ich werde dich weiterempfehlen."

Die Leistungskurven seines ersten Psychomobiles, die Ottokar nun endlich schwarz auf weiß in Händen hielt, waren vielversprechend. Er sah auch schon eine Möglichkeit, die „Negawellen" drahtlos aufzunehmen.

Das nächste Unternehmen war so etwas wie ein kollektiver Großversuch. Zugegeben, es verursachte Ottokar einige Gewissensbisse, sozusagen auf Jagd nach negativen Emotionen zu gehen. Aber die technisch-wissenschaftliche Revolution fordert eben Opfer, auch solche der Selbstverleugnung, beruhigte sich der Erfinder. – Er saß mitten unter den Kollegen und Mitarbeitern. Sein Gerät, nunmehr auf den Umfang eines Koffersupers geschrumpft – alle Neuheiten der Miniaturisierung hatte er dazu verwandt –, steckte in seiner Aktentasche. Der Chef hielt eine Rede, lobte die Arbeit des Kollektivs, wies auf Erfolge hin, flocht weitere Aufgaben und auch ein Stückchen Prognose mit ein und schritt dann zur Prämiierung.

Bald hörte Ottokar mit geheimem Schauer und einem

Quentchen schlechten Gewissens, wie sein Motorchen leise zu schnurren anfing. Und es schnurrte lustig weiter und immer weiter. Lediglich als die Raumpflegerin Frieda Schmidt als Verdienter Aktivist ausgezeichnet wurde, blieb es still. Denn wer wollte nicht ein sauberes Arbeitszimmer haben?

Als er die ergometrischen Kurven dieses Großtests auswertete, kam Ottokar ins Grübeln. Vielleicht liegt der Wert meiner Erfindung auf ganz anderem Gebiet als dem der Energiegewinnung, dachte er. Vielleicht habe ich so eine Art Lügendetektor erfunden, ein Hilfsgerät für Kaderleiter? Aber widerspricht dies nicht unserer Auffassung von der Arbeit mit den Menschen? Im 20. Jahrhundert wäre das ein gefundenes Fressen für die Geheimdienste gewesen. Aber heute?

Ärger als Energiequelle ... „Zugegeben, eine verrückte Idee. Aber", so erklärte Ottokar seinem Freund Paulus an einem Herbstabend in seinem Labor, „ich bin überzeugt, es dauert noch zwei-, dreihundert Jahre, bis wir diese Reste des alten Denkens glücklich abgestreift haben werden."

Paulus wiegte den Kopf hin und her und sah sich die Energiebilanzen an. „Ob diese Reste überhaupt jemals gänzlich verschwinden?"

„Na ja, in der Intimsphäre vielleicht nicht. Aber großen kollektiven Ärger, den man energetisch auswerten könnte, wird es dann sicher nicht mehr geben."

„Was kann denn dein Wunderchen leisten?" wollte sein alter Studienfreund wissen.

„Gar nicht so wenig. Stell dir vor, in einer Schule gibt es ein paar unbeliebte Lehrer. Die Negawellen der Schüler – angenommen, es sind 400 – würden ausreichen, um den ganzen Schulbetrieb mit Strom zu versorgen und noch einige Akkus als Notstromaggregate zu speisen."

„Donnerwetter!" Paulus pfiff zwischen den Zähnen. Die Nickelrädchen des Testmotors auf Ottokars Tisch begannen sich leise zu drehen.

„Aha, jetzt ärgerst du dich." Ottokar lachte. „Du denkst wahrscheinlich, wieso hat dieser Spinner so eine geniale Idee gehabt und nicht ich! Mir als Professor wäre das nicht schlecht angestanden . . . Stimmt's?"

Die Rädchen hielten still, Paulus wurde rot. Dann rieb er sich die fleischige Nase und meinte: „Eigentlich ist dein Motor ein pädagogisch sehr wirksames Instrument." Bei diesen Worten schielte er mißtrauisch auf das Gerät.

„Hab ich mir auch schon gedacht. Aber es sozusagen für Kaderzwecke umzubauen widerstrebt mir."

„Wieso widerstrebt dir das?" Paulus ereiferte sich. „Zur rascheren Entwicklung der zwischenmenschlichen Beziehungen auch die modernste Technik einzusetzen – was ist daran schlecht? Den Leuten zu sagen: Sie waren nicht ehrlich, ins Gesicht haben Sie mir zugestimmt, innerlich aber sind Sie verärgert, neidisch – das wäre doch erzieherisch, meinst du nicht?"

Ottokar hatte mittlerweile das Psychomobile ausgeschaltet und lief mit langen Schritten im Labor umher. „Ich weiß nicht, ich weiß nicht. Wäre das nicht verflucht formalistisch? Und irgendwie auch makaber? Wir hätten dann eine Psychokontrolle negativer Emotionen – aber wer gibt uns das Recht, diese Gefühle unserer Mitmenschen ans Tageslicht zu zerren? Ich will nicht, daß sich mein Gerät zwischen die Menschen drängt, ich will lediglich Restzustände veralteter Verhaltensweisen energetisch ausnutzen."

„Du reiner Tor", sagte Paulus, klopfte ihm auf die Schulter und verabschiedete sich. „War interessant, aber Gott sei Dank nicht mein Thema. Sieh zu, wie du da herauskommst. Am besten, laß es sein, vergiß das alles." Damit ging er.

Ottokar lag einige Tage mit sich selbst im Krieg. Kann man eine Idee, eine Erkenntnis, die man gewonnen hat, einfach zurücknehmen, sie ungedacht machen, sie irgendwohin in ein obskures Unterbewußtsein zurückjagen? Es wollte und wollte ihm einfach nicht gelingen. Immer wieder fragte er sich, was mit dem Ding da anzufangen sei, das scheinbar so harmlos auf seinem Arbeitstisch stand. Sicherlich, als Privatspaß war es wirklich harmlos. Doch als Energieträger ... Würde man die Quelle überhaupt öffentlich nennen können?

Oft überkam ihn der Wunsch, den Lötkolben zu nehmen und alles auseinanderzubauen: die hauchdünnen Verstärkerblättchen, die haarfeinen Selektionskathoden, die kirschkerngroßen Steuerkristalle, den ganzen elektronischen Kram! Doch dann tat es ihm leid um die Zeit, die er hineingesteckt hatte, und das Psychomobile blieb unangetastet.

An einem Abend saß er noch länger in seinem Arbeitsraum und sann über die Möglichkeit nach, eine elektronische, von Bioströmen gesteuerte Leber zu bauen, ein Vorhaben für den Prognosezeitraum, das ihn schon länger beschäftigte. Plötzlich klopfte es an seine Tür. Auf sein „Herein" schob sich Paulus ins Zimmer, massig wie immer, hinter ihm ein Unbekannter, der aussah wie ein Sportlehrer, drahtig und muskulös zugleich.

„Wir haben Licht gesehen, alter Junge, und sind heraufgekommen. Das hier ist Dr. Fischer vom kriminaltechnischen Amt. Ich habe ihm von deinem Apparatchen erzählt, er interessiert sich dafür."

Ottokar ärgerte sich. Da hatte er geglaubt, Paulus könnte eine Sache für sich behalten, und nun schleppte er einen Sherlok Holmes an; nein, das paßte ihm gar nicht.

„Na los, stell deine Erfindung mal vor", ermunterte ihn Paulus, der ungeniert Platz genommen hatte.

„Ich bin ungeheuer neugierig", unterstützte ihn Dr. Fischer.

Nun waren sie schon einmal da, was sollte Ottokar machen? Er stellte das Psychomobile auf den Versuchstisch und erklärte dem Kriminologen in knappen Worten den Wirkungsmechanismus. „Sehen Sie, es bewegt sich ein wenig, weil ich mich über die Störung geärgert habe", meinte Ottokar und zeigte auf die sich träge drehenden Rädchen.

„Und so ein tolles Ding will er nur zur Energieerzeugung benutzen!" rief Paulus und lachte verächtlich. „Dabei hat er damit etwas in der Hand, womit das ganze Bildungswesen, was sage ich, die gesamten zwischenmenschlichen Beziehungen revolutioniert werden können! Jeder Kaderleiter, jeder Chef muß so ein Ding haben, endlich werden die Leute ehrlich zueinander sein, kein Ausweichen mehr, kein falscher Neid!"

In Ottokar begann es zu kochen. Was erlaubte sich der Dicke! Sich hier einzumischen ... Ich hab ihm doch schon einmal deutlich gesagt, daß ich das nicht will!

Fischer saß vorgebeugt und betrachtete konzentriert das Psychomobile. „Jetzt dreht es sich schneller", sagte er bedeutungsvoll.

„Klar, Ottokar ärgert sich die Platze, weil ich Sie hierhergeschleppt habe", meinte Paulus. „Aber seine Erfindung ist umwerfend, nicht wahr? Die Öffentlichkeit hat ein Recht, dieses famose Kästchen endlich kennenzulernen."

„Was bildest du dir eigentlich ein", platzte Ottokar los. „Kommst hier herein, schleppst einen von der Kripo mit, hältst geschwollene Reden ... Obwohl du weißt, daß ich eine Anwendung im zwischenmenschlichen Bereich, als eine Art Lügendetektor, ablehne! Aus ethischen Gründen. Jawohl."

Fischer stand auf und straffte sich. „Soll das heißen, Sie stehen negativ zu unseren Untersuchungsorganen?" fragte er beleidigt. „Wissen Sie überhaupt, wieviel Zeit und wieviel Irrwege wir uns mit Ihrem Gerät ersparen könnten?"

„Und was gewinnen Sie damit? Die Abhängigkeit Ihrer eigenen Meinung von ein paar blinkenden Rädchen! Darf der Mensch nicht ein Fleckchen haben, das ihm ganz allein gehört?"

„Stop", sagte Paulus. „So alles in einen Topf, das geht nicht. Denk mal an den positiven Ärger, wenn du etwas falsch gemacht hast und du dich selbst ohrfeigen könntest ... Aber dein Psychomobile bringt es ja nicht fertig zu differenzieren!"

„Dann kann ich es ja gleich Medi-Technik anbieten, als Hilfsgerät für die Psychiater", antwortete der Erfinder streitsüchtig.

„Und warum bieten Sie es nicht den Kriminalisten an?" wollte Fischer wissen. „Sie müssen Ihre Einstellung zur Gesellschaft überprüfen, Verehrtester!"

Sie standen zu dritt um das Psychomobile und starrten sich an. Alle drei waren wütend: Ottokar über die anmaßende Einmischung, die beiden anderen über seine Begriffsstutzigkeit.

Das Psychomobile drehte sich rascher und immer rascher, aber keiner schien es zu bemerken. Doch da hob Ottokar seine Nase. „Riechst du nichts, Paulus?"

Der schnupperte auch. „Doch, nach geschmolzenem Kristall ... Heiliger Bimbam, dein Psychomobile schmort durch!"

Schon stiegen feine Dunstwölkchen vom Versuchstisch auf, Schrecken ergriff Ottokar, er rief: „Alle hinsetzen, tief atmen, an etwas ganz anderes denken, Herrschaften!"

Nach einigen Minuten kam das schon fast glühende Psychomobile zur Ruhe, Ottokar konnte es unter die helle Lampe halten: es war nicht mehr zu retten! Der Ärger und die Wut der drei hatten es völlig überlastet, es war dahin, ein Wrack ...

Paulus schnaufte durch die fleischige Nase: „Da hast du's. Vorläufig ist mit dem Ding nichts los, viel zu empfindlich. Wenn überhaupt, dann mußt du es differenzieren lehren: zwischen positivem und negativem Ärger."

„Überhaupt nichts werde ich", knurrte Ottokar bösartig.

Fischer wollte ihn beschwichtigen. „Ihr Freund Paulus wollte doch nur, daß diese geniale Idee zum Tragen kommt, und gerade auf meinem Gebiet sehe ich eine Menge ..."

„Nun aber raus!" Ottokar unterbrach so schroff, daß der Kriminologe hinter Paulus Schutz suchte. Der grinste und tippte sich an die Stirn. „Armer Kleiner! Aber denk daran:

Differenzieren! Sonst wird's nichts. Machst du nun weiter, oder haust du das Ganze auf den Müll?"

„Raus!" Ottokar war zu keiner anderen Reaktion mehr fähig.

Noch immer stand der charakteristische Geruch des geschmolzenen Kristalls im Raum. Ottokar zögerte, dann schloß er den Panzerschrank auf und verstaute den kläglichen Rest seiner Erfindung ins hinterste Eck. In ihm war nichts mehr von Wut und Ärger, nur noch Müdigkeit. Würde er morgen, übermorgen oder überhaupt einmal das Wrack aus dem dunklen Panzerschrank erneut ins helle Licht des Experimentiertisches stellen? Er wußte es nicht.

Als die Wolke kam

Durch ein Gittergewirr jagen Informationen in Form von elektrischen Impulsen. Ihr Ziel sind kleine, ferromagnetische Ringe, die an den Kreuzungspunkten sitzen. Ein Ring wird beim Eintreffen eines Impulses magnetisiert. Verschwindet der Impuls wieder, verschwindet in ihm auch die Magnetisierung – zurück bleibt die „Erinnerung" im ferromagnetischen Werkstoff, ob der Impuls negativ oder positiv war. Auf diese Weise wird die Information in den Ringen verwahrt.

Viele, sehr viele Ringe bilden den Speicher eines Rechners.

„Jugend und Technik" 3/72

Jedermann auf der Erde wußte: Wir werden in eine Wolke kosmischen Staubes hineinfliegen; es wird zwei Jahre, sieben Monate und drei Tage dauern, bis wir wieder gänzlich aus ihr heraus sind – aber es ist völlig ungefährlich. Was wird sein in diesen rund zweieinhalb Jahren? Die Sonne wird ein wenig verschleiert aussehen, die Sterne werden nachts nicht so hell und klar funkeln, vielleicht werden die beiden Sommer kühler werden, vielleicht aber auch wärmer, wegen des Treibhauseffektes, wegen eben dieser kosmischen Staubwolke, die man durchfliegen wird.

Vor 250 Millionen Jahren ist die Sonne mit ihren Planeten zum letzten Mal durch diese Wolke hindurchgeflogen – so lange dauert eine Umdrehung der heimatlichen Galaxis um ihre Achse –, und nichts ist erfolgt! Hat sich nicht das Leben weiter entwickelt? Und angenommen, das Alter unseres Sonnensystems stimme mit rund fünf Milliarden Jahren, war dann unser Planet nicht bereits rund 20mal durch diese Wolke hindurchgeflogen?

Der Nebel aus kosmischen Staubteilchen, der mit einem feinen, langen Faden bis in die solare Galaxis hineinzielte, war dünn, sehr dünn sogar. Kaum zu bemerken, am Anfang zumindest. Doch die Atmosphäre würde alle direkten Einflüsse auf den Planeten abschirmen, so lautete die Prognose der Astrophysiker. Extragalaktischer Staubnebel – das bedeutete, daß sich das ganze glühende, feuerspeiende Wunderrad des Milchstraßensystems durch diese Wolke hindurchbewegen würde; ob die Wolke selbst sich ebenfalls in Bewegung befand, etwa gegenläufig, vermochte niemand zu sagen. Es fehlte der fixe Ortsbezug: Bewegung gegen was? Rückläufig im Verhältnis zu wem? Doch hoffte man, in diesen zweieinhalb Jahren auch dies zu klären.

Adam Schmidt war wie alle Erdenbürger genau über das zu erwartende Ereignis informiert und, ehrlich gesagt, nicht sonderlich daran interessiert. Mochte es zwei kühle oder besonders heiße Sommer geben, mochte die Sonne ein wenig weniger hell leuchten, was ging ihn das an, was hatte es mit seinem Ziel zu tun, farbigen Zucker herzustellen? Zugegeben, das war nicht gerade ein kosmisches Ziel, aber immerhin ... Wenn es gelänge, die Alpha-tetra-Winkelsumme der Invertkristalle im ersten Parameter des Lichteinfalles willkürlich so zu verändern, daß die Brechungsfläche proportional der Winkelsumme um den Faktor Lambda gegenüber phi-null zunahm, dann müßte es möglich sein, farbigen Zucker herzustellen: je nach Wunsch leuchtend rot, gelb, grün, orange, lila und so weiter. Eine Zierde für jeden Teetisch, eine Freude aller Kinder dieser schönen Welt! Und alles ohne irgendwelche künstlichen Zusätze, womöglich gar solchen, die sich nach einigen Jahren als krebserzeugend herausstellen könnten.

Mara, Schmidts Ehefrau, war durchaus nicht wie ihr Adam von dem Gedanken besessen, durch ein neues, raffiniertes technologisches Verfahren der Welt den farbigen Zucker schenken zu müssen. Sie meinte, ihre Großmutter habe ihr erzählt, daß es schon in alten Zeiten so etwas gegeben hätte: Klitzekleine bunte süße Kügelchen, in Glasfläschchen abgefüllt, mit einem Gumminuckel versehen für Puppen und Teddybären ... damals Liebesperlen genannt, eine hübsche und zugleich romantische Bezeichnung.

Adam hatte ungehalten erwidert, natürlich habe es solch kindischen Kram gegeben, aber eben gefärbt, gefärbt! Ob sie den Unterschied nicht begreifen wolle zwischen gefärbtem Zucker und solchem, der durch die Veränderung der Brechungsfläche im Kristallgitter von selbst, von innen heraus, farbig wäre, ganz als natürliche Eigenschaft?

Mara hatte abgewinkt: „Das ist mir zu hoch! Ich bin ja auch nur Kindergärtnerin und meine, die Kleinen würden sich über gefärbte Zuckerkügelchen genauso freuen wie über deine natürlichen, die es ja auch gar nicht gibt!“

Adam war gekränkt gewesen. Als ob es seine Schuld sei,

daß die Aufgabe noch nicht gelöst war! Da gab es das Institut, die Forschungsgruppe, den Chemierat, den Umweltschutz, die verschiedensten Verwaltungen, die alle Adams Forschungsprojekt nicht die Dringlichkeitsstufe I zugebilligt hatten. Immerhin, ganz uninteressiert war man nicht, denn was beim Zuckerkristall möglich wäre, könnte man gegebenenfalls auch bei anderen kristallinen Formen anwenden, bei Metallen beispielsweise. Soll er weiterknobeln, dieser Dr. Schmidt, man wird weitersehen, wenn Ergebnisse vorliegen. Aber Sonderlabors und dergleichen? Lieber Kollege . . .

Am Abend vor dem denkwürdigen 27. April, an dem die Erde in die kosmische Staubwolke eintauchen sollte, sagte Mara versonnen, während sie mit ihren schlanken Fingern die Tastatur der Fernsteuerung des Servo-Automaten bediente und ihm auftrug, das Teegeschirr abzuräumen, zu spülen, abzutrocknen und dann wieder einzuräumen: „Adam, was denkst du, was wird morgen sein? Meine Kleinen haben mich heute den ganzen Tag gefragt: Sag, Tante Mara, sehen wir morgen auch die Sonne? Können wir so einen komischen Staub einfangen wie Sonnenstäubchen? Komischer statt kosmischer Staub – ist doch niedlich, wie?"

Adam knurrte seine Antwort: „Hab dir schon tausendmal gesagt, das interessiert mich nicht. Die Erde hat schon ganz andere Dinge überstanden. Warum aus so einem bißchen Staub eine Sensation machen? Farbiger Naturzucker, ja, das ist was! Aber darüber schreibt keiner. Immer nur über diesen dußligen Staub!"

Er war verärgert, fühlte sich als verkannter Forscher. Mara wußte das, aber sie konnte ihm nicht helfen. Seit die Kinder aus dem Hause waren, lebte jeder sein eigenes Leben, Mara im Kindergarten, Adam in seinem Labor am Elektronenmikroskop. Er war sehr einseitig geworden, kein Theater, kein Fernsehprogramm interessierten ihn richtig, er verbohrte sich in seine Arbeit, die für ihn zu einer Prestigefrage geworden war. Tagelang konnte er räsonieren, weil der oder jener das und das über ihn und seine Arbeit gesagt habe.

Er stand auf: „Ich hab noch ein Problem, das will ich rasch dem Computer einspeichern.“ Mara hörte drüben im Arbeitszimmer das Summen des Tischgerätes, dann seine Schritte ins Bad. Das Wasser rauschte. Nicht einmal gute Nacht hatte er gesagt . . .

Verschwitzt und ärgerlich kam Adam eine Dreiviertelstunde zu spät ins Institut. Der blöde Wagen! Die Automatik war ausgefallen, und so hatte er den ganzen Weg mit Handsteuerung fahren müssen. Seit Jahren war ihm so was nicht mehr passiert, und so einen unentwirrbaren, schier irrsinnigen Verkehr wie heute früh hatte er überhaupt noch nicht erlebt. Gerade wollte er das seinen Kollegen erzählen, als sie ihn überfielen: „Ist bei Ihnen auch die Automatik ausgefallen? Ein Verkehrschaos in der ganzen Stadt! Was ist bloß los?“

Aus den Sprechfunkanlagen des Instituts klang eine nervös vibrierende Stimme. Nicht nur hier in der Stadt, nein, überall seien überraschende Schwierigkeiten aufgetreten. Züge waren stehengeblieben, Fabrikanlagen standen still! Aber kein Grund zur Panik! Die Weltverwaltung würde in Kürze zusammentreten und die erforderlichen Schritte einleiten.

Adam stand offenen Mundes. Ihm wie jedem anderen ging der gleiche Gedanke durch den Kopf, keiner wagte ihn anfangs auszusprechen: die Wolke! Was anderes konnte es doch wohl nicht sein.

Wenige Minuten darauf kam die Nachricht, sämtliche Computer seien unbrauchbar geworden. Es erfolge keine Speicherung mehr. Alle Magnetspeicher seien leer, null! Das war wirklich eine Katastrophe. Nicht nur in der Produktion, auch im täglichen Leben war alles auf Programmierung aufgebaut. Die elektronischen Großküchen zum Beispiel, die Klimatisation der Städte, der gesamte Verkehr, der Unterricht in den

Schulen, die Verrechnung der gesellschaftlichen Leistungseinheiten . . . Großer Gott, was nun?

Das „Warum“ konnte schnell geklärt werden. Übereinstimmend wurde der Weltverwaltung von vielen Forschungsinstitutionen gemeldet, seit Eintritt der Erde in die kosmische Wolke hätten die Ferritkerne, die Herzblättchen der Speichermatrix jedes Computers, ihre Eigenschaft, elektrische Impulse in Form von magnetischen Engrammen zu speichern, verloren. Verloren! Offenbar enthielt die Wolke eben nicht nur Staub, sondern auch bisher völlig unbekannte kosmische Elementarteilchen, die, analog den Neutrinos, alles durchdrangen, dabei selbst keinerlei Energie verloren, aber im Ferrit die Eigenschaft der Magnetisierbarkeit restlos aufhoben. Dabei änderten diese Teilchen, denen man in aller Eile den Namen „Neutrinissimos“ gab, den Erdmagnetismus nicht. Unablässig zeigten die Kompaßnadeln nach Süden, wie seit Jahrzehnten, als sich nach der erwarteten Umpolung des Erdmagnetfeldes der magnetische Südpol herausgebildet hatte.

In Adam Schmidts Institut ging es hoch her: Zunächst wußte keiner, was nun werden sollte. Die Computer, diese „Luder“, waren völlig für die Katz.

„Warum nur hat man diese alte Methode mit den Ferrit-Kernen beibehalten, hätte man in den letzten paar hundert Jahren nicht was Besseres erfinden können?“ nörgelte Adam.

„Was Besseres gab's eben nicht“, erwiderte ein frisch von der Hochschule gekommener Aspirant. „Die Ferrit-Kern-Methode war und ist die billigste, zuverlässigste“ – hier erhob sich ein allgemeines Gemurmel – „und die praktischste. Man kann die Matrix in Sekundenschnelle auswechseln, und das Ausgangsmaterial ist allgemein zugänglich, billig und leicht zu bearbeiten. Warum also hätte man nach etwas Besserem suchen sollen?“

Ein allgemeiner Seufzer antwortete dem jungen Mann. „Ja, aber was nun? Was soll denn jetzt werden?“

Das Schrillen der Hausglocke unterbrach den Disput. Eilig trat der Abteilungsleiter des zuständigen Regionalverwaltungszentrums herein. Er verkündete, was nun alles verändert werden müsse. Vor allem der Verkehr! Und die Produktion, selbstverständlich vor allem die Produktion! Und natürlich ganz vor allem der tägliche Kleinkram! Wer wisse denn noch, wie ein Ei gebraten werde, ein einfaches Ei? Wieviel Fett und in welche Pfanne, wie müsse ein solches Ei aufgeschlagen werden, wann komme das Salz hinzu, wenn es gar und somit genießbar sei? Das hatte doch bis jetzt alles die Programmsteuerung besorgt. Und was nun? Ob man gewillt sei, über zweieinhalb Jahre nur von belegten Brötchen zu leben? Ach du liebe Zeit, an Brötchen sei ja überhaupt nicht zu denken, wer könne denn noch backen, so für sich alleine, wie?

Todmüde kam Adam zu Hause an. Der Verkehr hatte sich irgendwie eingelaufen, an den Kreuzungen standen Männer und Frauen in weißen Kitteln, die sich durch Heben und Schwenken der Arme bemühten, den Strom der Fahrzeuge zu regeln. Es waren hochqualifizierte, ausgezeichnete Kader, die man ausgewählt und in einem Schnellfernsehkurs von 60 Minuten auf ihr schweres Amt vorbereitet hatte. Den Kursus hatte ein uralter Professor gehalten, ein Historiker. Er hatte zunächst vom Regeln von Steuerkreisen gesprochen, Schemata an die Tafel gezeichnet und dann aus dem Staatsarchiv zwei- bis dreihundert Jahre alte Filme gezeigt.

Adam als Lebensmittelchemiker war die Aufgabe zugefallen, zu erklären, wie man das Problem der individuellen und kollektiven Nahrungsaufnahme ohne Computer lösen könne. Auch er war zu den Historikern des Technisch-Archäologischen Museums gefahren, hatte dort die verschiedensten Typen antiker Kochgerätschaften studiert, vom Römertopf bis zu einem sogenannten home-griller des 20. Jahrhunderts. Vieles hatte er nicht verstanden, aber es wurde ihm klar: Man mußte sofort und umfassend die Öffentlichkeit informieren, wie man die Küchenautomaten auf Handsteuerung umbauen könne, und zwar so einfach, daß es jeder selbst tun konnte, und man mußte auch mitteilen, aus welchen Grundmitteln man was für eine Nahrung jeweils herzustellen in der Lage wäre.

„Früher gab es sogenannte Kochbücher“, sagte der ihn begleitende Kustos des Museums versonnen. „Ich glaube, meine Oma hatte noch eins. Im Archiv müßten auch noch welche sein.“

Im Archiv liefen Adam die Augen über: so viele Kochbücher, so viele Speisen, so unterschiedliche Geschmacksrichtungen! Da gab es die gute deutsche Hausmannskost für Betriebe bis zu dreihundert Beschäftigten, da gab es ungarische Küche, italienische Spezialitäten, Risotto in allen Varianten, einen Menschen namens Fischkoch gab es auch, er trat in einer Varieté-Veranstaltung „Gastmahl des Meeres“ als Kochgott auf . . .

Abends stieß er beim Betreten seines Hauses mit einem jungen Mann zusammen, der drei Etagen unter ihm wohnte. Gewohnt, stets ein paar Worte mit ihm zu wechseln, fragte Adam: „Wohin so eilig, junger Freund?“

Der blieb stehen und sagte hastig: „Holz suchen, zum Feuermachen, verstehen Sie? Meine Frau will Tee trinken, wie bekomme ich das H_2O zum Siedepunkt? Die Verhältnisse des Luftdruckes, der relativen Luftfeuchtigkeit und unsere Höhe über dem Meeresspiegel habe ich mit Hilfe eines Rechenschiebers ermitteln können. Wieviel Kalorien ich dem Kessel pro Sekunde zuführen muß, weiß ich schon. Aber jetzt fehlt mir Holz.“

„Wieso Holz?“ fragte Adam, leicht verblüfft. An Holz im Sinne von Brennmaterial dachte seit Jahrhunderten kein Mensch mehr.

„Hab im Lexikon nachgelesen. Glücklicherweise haben wir noch eins, eine alte Schwarte, ganz vergilbt, aus dem vorigen Jahrhundert.“

„So warten Sie doch!“ rief Adam dem Enteilenden nach. „Sie können Ihr Wasser viel einfacher erwärmen, mit dem Elektroherd, nach Ausschaltung der Automatik! Alle Stunde gibt's im Fernsehen dazu die Anleitung!“ Doch seine Stimme erreichte den fortstürzenden Holzsucher nicht mehr. So ein Blödmann, dachte Adam, während er ächzend in seine achte Etage hinaufkletterte, Holz findet er nie und nimmer in der Stadt, da müßte er rausfahren ins Wäldchen. Und überhaupt: Streichhölzer gibt's ja ganz selten, eigentlich nur für die paar Snobs, die noch rauchen.

Mara hörte ihn nicht kommen. Mit glänzenden Augen hockte sie vor dem Fernseher, ein Heft auf den Knien, und schrieb eifrig mit, was ein Mann mit einer merkwürdigen hohen weißen Mütze dort von sich gab: „... dann leicht Muskatnuß darüberreiben, einmal wenden, dann stellen Sie die Filetten beiseite, und wir wenden uns den inzwischen gargewordenen ...“

„'n Abend“, sagte Adam und warf sich in einen Sessel.

„Pscht! Sie bringen seit einer Stunde fabelhafte Kochrezepte für die ganze Woche! Wer sich das wohl ausgedacht hat?“

„Ich“, sagte Adam.

„Du?“ Mara fuhr herum, es klang leicht ungläubig.

„Ja, ich habe den ganzen Tag nichts anderes gemacht, bin hinter Historikern hergesaust, habe im Technischen Museum gestöbert, alte Kochbücher gewälzt ...“

„Kochbücher? O Adam, warum hast du mir keins mitgebracht?“

Er konnte nicht mehr antworten, er war eingeschlafen. Völlig fertig. Ausgepumpt.

Und ohne seine Tablette! dachte Mara verwundert.

Es war gelungen, einige alte Rechenautomaten der ersten Generation aus den Museen wieder betriebsfähig zu machen, Rechenschieber und Logarithmentafel kamen wieder zu Ehren, in vielen Geschäften klapperten an den Kassen für die gesellschaftlichen Bons die hölzernen Rechenbretter der Vorväter, und Kopfrechnen entwickelte sich geradezu zu einem Hobby.

Natürlich waren die Physiker fieberhaft bemüht, hinter das Geheimnis der Neutrinissimos zu kommen, um ihre lähmende Wirkung auf die Computer aufzuheben. Denn trotz der Gewöhnung war es doch sehr lästig, daß die Menschen wieder selbst kochen, putzen und waschen und die Lehrer wieder selbst die Zensuren geben mußten. Wieviel Zeit wurde dafür verbraucht! Doch mancher ertappte sich auch bei dem ketzerischen Gedanken: sind wir nicht zu sehr von den Computern abhängig geworden, haben wir uns selbst nicht zu sehr zu Knöpfchendrückern degradiert? So gab es neben der berechtigten Unschuld, wieder in den Genuß der Bequemlichkeiten zu kommen, auch einen Prozeß der Selbstbesinnung.

Das öffentliche Interesse galt verständlicherweise vor allem der Physik. Adams Freund Bertram war ein As auf diesem Gebiet. Auch dies war ein Zeichen des Neuen: Man hatte trotz der Erschwernisse des Lebens plötzlich mehr Zeit, miteinander zu reden. Der Physiker debattierte mit dem Psychologen, der Chemiker mit dem Mediziner, und die lächelnden Buddhas, die Philosophen, reihten alles ein in die unendlich komplizierte und dennoch gesetzmäßige Entwicklung des menschlichen Geistes.

So hatte sich auch Adam daran gewöhnt, oft unangemeldet bei Bertram im Labor aufzutauchen, so wie bei ihm Kurt, der Mediziner, aufkreuzte, einfach so, aus Neugier, was der andere wohl gerade treibe. Bertram sprach von den Neutrinissimos stets mit einer gewissen grimmigen Verbissenheit als von „den Biestern“ und sagte oft zu Adam: „Bald haben wir die Biester gezähmt, dann brauchst du dich nicht mehr mit antiken Kochbüchern rumzuquälen und kannst dich wieder um deinen Farbzucker kümmern.“ Doch Adam war sich dessen nicht so sicher.

Als Adam am 26. Juli das Labor Bertrams betrat, war dieser gerade damit beschäftigt, heißes Wasser in eine Tasse zu gießen. Kaffeeduft lag verlockend in der Luft, die braunen Kügelchen lösten sich zu einem duftenden Mokka auf.

Bertram stellte die Tasse auf einen Metallkasten, um die Hand zum Gruß freizuhaben. „Nett, daß du wieder mal vorbeikommst! Hier unser neuestes Kind: eine Neutrinissimofalle. Gleich werd ich sie einschalten, Probelauf, jeweils eine Stunde. Ob wir schon was gefangen haben? Nein, bisher rein gar nichts, leider." Er drückte auf einen Knopf, ein leichtes Summen ertönte.

Adam blickte sich neugierig um. „Das Summen soll deine Biester wohl anlocken?"

„Alter Schafskopf, wenn's so einfach wäre! Hier, die Kamera, diese Spezialkammer, das empfindliche Papier, das müßte uns nach einer Stunde anzeigen, ob die Neutrinissimos gebündelt werden konnten oder nicht. Da heißt's abwarten. Gib mir mal die Zuckerdose rüber, du weißt doch, süß muß der Coffee sein."

Adam reichte ihm bereitwillig das Porzellanschälchen mit den kleinen weißen Kristallen, die noch vor wenigen Wochen sein ein und alles gewesen waren. Wie gleichgültig ließen sie ihn heute! Bertram nahm einen übervollen Kaffeelöffel.

„Das ist zuviel, du wirst einen Teil verschütten", warnte ihn Adam.

„Wenn schon, macht nichts!" Mit einem Schwung kippte Bertram den Zucker in die dunkle, duftende Flüssigkeit. Aber wie von Adam befürchtet, rieselte auch einiges daneben – auf den Blechkasten der Neutrinissimofalle, auf dem die Tasse stand.

„Bertram", rief Adam aufgeregt, „Bertram, sieh doch bloß . . . Was soll das . . ."

Bei Schmidts klingelte das Videophon, und Mara sah sich nach dem Abnehmen des Hörers ihrem Adam gegenüber. Sie hatte sich schon gewundert, wo er so lange bleibe, und wollte gerade fragen, von wo er anrufe, da überfiel er sie:

„Mara, sieh mal, was ich da habe!“ Er hielt ihr ein kleines Uhrglasschälchen entgegen, in dem einige farbig leuchtende Körnchen lagen. „Weißt du, was das ist? Mein Zucker, mein farbiger Zucker!“

„Dein Zucker, aber wieso denn? Wo steckst du denn überhaupt?“

„Bei Bertram im Labor. Wir haben die Neutrinissimos bündeln können, verstehst du, der Anfang der gerichteten Ablenkung! Bertram verstreute beim Kaffeetrinken ein paar Zuckerkristalle auf die Versuchsanordnung – und schlagartig wurden sie farbig, irreversibel, so wie du sie jetzt siehst!“

„Ganz schön, na ja, jetzt geht das wohl, aber was hat dein Zucker mit der Wolke . . . ich versteh immer noch nichts . . .“, stotterte Mara ein wenig zusammenhanglos.

„Sei doch nicht so begriffsstutzig! Um zu farbigem Zucker zu kommen, müßte doch Lambda gegenüber phi-null zunehmen; genau das haben die Neutrinissimos hervorgerufen. Also hat sie etwas von ihrer schnurgeraden Bahn abgelenkt. Und was? Zucker! Die Kriställchen wurden umstrukturiert und wirkten umgekehrt auf die Bahnen der verfluchten Biester ein. Wenn man so die Neutrinissimos ablenken kann, werden die Ferritkerne wieder magnetisch. Wir haben schon eine Zuckerisolation um einen Kleinstrechner gebaut. Toll, was?“

Als Adam spät nach Mitternacht Mara alles noch einmal ausführlich erklärt hatte, brummte ihm der Schädel. Verständlich nach so einem Tag. So hatte er sich allerdings die Verwendung seiner Arbeiten zur Herstellung des farbigen Zuckers nicht gedacht. Tatsache war und blieb, daß zwar farbiger Zucker erzeugt wurde, aber als Nebenprodukt bei der Abschirmung der Computer gegen die Neutrinissimos. Und obgleich der Zucker farbig blieb, so diente er doch nicht zur Freude der Kinder und zur Zierde der Teetische, sondern profanen technischen Zwecken.

Als Adam das Licht ausgeknipst hatte, sagte Mara plötzlich versonnen ins Dunkel hinein: „Adam, wie sieht es eigentlich mit dem Zusammenhang von Zufall und Notwendigkeit aus?"

Trotz seiner Zerschlagenheit brauste er auf: „Du mutest mir doch heute nacht kein Privatissimum über Dialektik zu? Wie kommst du überhaupt auf dieses Thema?"

„Wenn Bertram nun Würfelzucker in seinen Kaffee getan hätte . . ."

Der Mann, der den Haken schlug

Ich schlendere heute noch gern auf Rummelplätzen umher und schaue mir mit Vorliebe die Vorstellungen von kleinen Familienvarietés an – mit Esmeralda, dem elfjährigen Schmetterling – oder die erschröckliche Tierschau, wo eine lebende Boa constictor zu beobachten ist, wie sie eben ein Karnickel hinunterwürgt.

Damals, 1950 auf dem Stuttgarter Weihnachtsmarkt, gab es Buden, in denen absonderliche Wesen angepriesen wurden: Mimi, das Mädchen mit dem Hundekopf – das sich als eine harmlose Wachsfigur mit einem ausgestopften Mopsgesicht als Kopf entpuppte; Hella, das Marsweib mit dem unsichtbaren Unterleib, schon schwerer durchschaubar als fauler Spiegeltrick; oder Homunkulus Deberto, der elektrische Mensch. „Eine Glühbirne, an seinen Körper gehalten, leuchtet zum Entsetzen der Zuschauer, zum Erstaunen der Fachleute, hell auf ...“, so quäkte es aus dem übersteuerten Lautsprecher des schon heiseren Ausrufers. Mich amüsierte immer wieder, wie raffiniert suggestiv diese Schausteller die Kunden anzulocken verstanden, mich eingeschlossen.

Es ging schon gegen Abend, die bunten Lichter brannten allenthalben, es hatte zu schneien aufgehört. Dunkel hob sich der wuchtige Turm der Stiftskirche vom dämmrig werdenden Himmel ab, und wie eh und je stand der große Schiller auf seinem Sockel und betrachtete gelassen das bunte Treiben zu seinen Füßen. Ich wollte schon gehen, als mein Blick auf eine kleine Bude fiel, eingeklemmt zwischen einem Bayernhaus, das original Alpenbrot verkaufte, und einem Kinderkarussell dicht beim Schillerdenkmal. Über dem Eingang des wackeligen Budchens stand orange in Jugendstilbuchstaben geschrieben: „Orlando, der kosmische Mensch.“

Kosmischer Mensch? Das war mal was Neues, das mußte ich sehen! Und schon quetschte ich mich zwischen lachenden und schubsenden Gaffern hindurch, zahlte an der Kasse meinen Fünfziger und durfte eintreten. Nachdem ich eine Viertelstunde lang frierend warten mußte, bis sich die Bude gefüllt hatte, ging endlich der zerschlissene Vorhang auf. Ein kleiner Dicker in speckig glänzendem Frack begrüßte das hochverehrte Publikum und überschüttete es mit einem Wortschwall, gespickt mit unglaublich gelehrt klingenden Fremdwörtern, denen im Grunde genommen nur zu entnehmen war, Orlando, der kosmische Mensch, sei die Sensation des Jahrhunderts.

Dann betrat Orlando die Bühne. Man hatte den Hageren in einen alten Smoking gesteckt, der ihn umschlotterte. Diabolische lila Schatten waren um seine Augen gemalt – Augen, deren Blick erstarrt zu sein schien. Ich kannte diesen Blick aus den Demonstrationen in der Psychiatrie – aber öffentliche Hypnose war ja verboten. Und es ging auch nicht, wie der Herr Direktor sogleich erklärte, um Hypnose, sondern um überirdische, unerklärbare Fähigkeiten: Orlando, der kosmische Mensch, konnte Gedanken lesen ...

Ich meldete mich als erster, und der Dicke im Frack richtete an den immer noch starr über uns alle hinwegblickenden Orlando die Frage: „Was denkt dieser Herr gerade?"

Mit merkwürdig verquetschter, kaum noch menschlich klingender Stimme kam die Antwort: „Der Herr denkt an mich. Der Herr ist Arzt, erst seit kurzem, und meint, ich wäre krank oder anomal. Er denkt, das muß man verbieten. Aber ich bin nicht anomal." Und plötzlich veränderte sich seine Stimme zu einem metallenen Klirren: „I am the man who dodged."*

Mir wurde komisch. Woher konnte er wissen, daß ich tatsächlich erst seit vier Monaten mein Doktordiplom in der Tasche hatte? Um mich herum wieherte die Menge vor Lachen.

Orlando stand gelassen da. Das Gelächter lief an ihm herab wie Regenwasser. Dann warf er den Kopf hoch, seine Augen leuchteten merkwürdig düster auf, und er wiederholte trotzig: „Ich bin Mann, der Haken schlug 1908 über großem Wald."

Die Menge johlte noch mehr. Die Vorstellung ging weiter. Andere meldeten sich, und Orlando gab Auskunft, es war phänomenal, wie er Gedanken erraten konnte. Damit hätte er jedem guten Varieté zur Ehre gereicht, warum trat er in so einer Rumpelbude auf? Ob es doch ein Geisteskranker war?

Die Vorstellung war zu Ende, die anderen drängten hinaus, ich aber bahnte mir einen Weg gegen den Strom. Hinter der Bühne stellte ich den Dicken: „Es stimmt, ich bin tat-

* Ich bin der Mann, der den Haken schlug.

sächlich Arzt. Daher möchte ich gerne . . ." Er unterbrach mich überfreundlich und schwäbelte: „Aber Herr Doktor, selbschtverschtändlich, kommet Se, em Wohnwaga hemmers gemietlicher. A halbe Schtond isch bis zur nägschte Vorschtellong. Aber was denket Se, nei, der Orlando isch so gsond ond normal wie i ond Sie! Er hat bloß bsondere Geischtesgaba. Glaubet Se, Herr Dokter, die hot er wirklich!"

Wir saßen im engen Wohnwagen, der Kaffee in der Kanne dampfte. Frau Scheifele goß mir eine Tasse voll und sagte mit zuckersüßem Lächeln: „Echte Bohne, Herr Dokter, mir hent en Vetter en Tschikago, der schickt ons emmer Care-Packete, drenket Se ruhig, mer hännts!" Ich pustete auf den heißen duftenden Trank, Orlando saß zwischen dem Schaustellerpaar – abwesend, stumm.

Beflissen blätterte Herr Scheifele ein paar Papierchen auf den wackligen Tisch. John Garrener, genannt Orlando, lese ich da. Geboren? Unbekannt. Als junger Mann längere Zeit in einem Armenasyl der Heilsarmee in Kanada. 1947 nach Europa gekommen. Mehrere Atteste von psychiatrischen Kliniken – also doch! Aber negative Befunde. Ein introvertierter Typ mit Neigung zum Grübeln, lese ich da. Universitätsnervenklinik Tübingen, meine Alma mater, und unterzeichnet vom gleichen Professor, dessen Unterschrift auch mein noch taufrisches Doktordiplom zierte. Ein anderes Attest, französisch, von der berühmten Salpêtrière in Paris. Monsieur Garrener wird als „un homme très sensible" bezeichnet. Kein Hinweis auf eine psychiatrische Erkrankung.

„Ja, onser John!" sagte Direktor Scheifele. John selbst sagte gar nichts. „So unpraktisch, wie der isch", dabei tätschelte er die kräftige Hand Garreners, die regungslos auf dem buntkarierten Wachstuch lag. „Wenn der ons net hätt, wär er glatt verhongert."

„Was Geld isch, weiß der gar net", flötete auf der anderen Seite Mutter Scheifele. „Manchmal isch er wie a neugeborns Kind, wie vom Mond gfalle . . ."

Zum ersten Mal tat John den Mund auf. „Nicht vom Mond und nicht gefallen. Von weiter. Ich habe den Haken geschlagen.“ Und er kramte einen Zeitungsausschnitt hervor. Sicher Reklame für den „kosmischen Menschen“, dachte ich. Meister Scheifele lächelte nachsichtig. „Sei Tick“, flüsterte er mir zu. Aber der Zeitungsausschnitt, den mir Garrener vorsichtig herüberreichte, erwies sich als ein Artikel über den Tunguska-Meteor von 1908. Zwei Sätze waren dick unterstrichen. Der Meteor habe auf seiner Flugbahn mehrmals die Richtung gewechselt, so daß der sowjetische Schriftsteller Kasanzew annehmen würde, es habe sich um gar keinen Meteor, sondern um ein gesteuertes Raumschiff gehandelt, ausgesandt von fernen Welten, das 1908 in der sibirischen Taiga explodiert sei.

Ich blickte auf, nachdem ich gelesen hatte, und begegnete den starr auf mich gerichteten Augen Garreners. Wollte er mich hypnotisieren? „Ich geflogen, dann katapult bis Alaska“, sagte er mit seiner gequetschten Stimme.

Ich fragte ihn teilnahmsvoll, ob er ein Kehlkopfleiden habe. Er schien gekränkt zu sein, weil ich nicht auf den Zeitungsausschnitt einging, und antwortete einsilbig: „Bei uns alle so reden.“

„In Kanada?“ fragte ich Scheifele.

„Ach wo“, antwortete der. „Kanada meint er net.“

Leicht verwirrt stand ich auf, um mich zu verabschieden. John Garrener starrte mir nach, als ob er mir etwas unter die Schädeldecke einbrennen wollte.

Draußen vor dem Wohnwagen sagte Scheifele, der mich begleitet hatte: „Des isch ja sei Tick: partout will er von irgendwo ganz anners her sei. Daher au der kosmische Mensch. Absolut wollt ers so habe. Damit se ihn leichter finde solle . . . A Raumschiff hätt er geschteuert ond sich dann von Sibirien bis Alaska katapultiert. Ond jetzt will der verrückte Kerle selber nach Sibirien . . . Als ob des so einfach wär, grad heutzutag! Aber so isch er wirklich wie an oschuldigs Kend. Paß,

Visum, Geld, des isch dem alles wurscht. I soll mit ehm nach Berlin, zu de Sowjets ... Manchmal glaub i selber, daß er schpinnt. Aber wenn's z' arg wird, na nemmet se mer ihn im Bürgerschpital ab, des hann e dort ausgmacht. Schad om den John, der könnt en Haufa Geld verdiene mit seiner Gedankenleserei, wirklich a Naturtalent ..."

Als ich damals den Weihnachtsmarkt hinter mir ließ, war der Himmel blank geputzt, und im glänzenden Schwarz leuchteten die Sterne ganz impertinent hell. Ob dort oben die Sonne von Garreners eingebildeter fernen Heimat glitzerte?

Jahre hatte ich nicht mehr an diesen Abend gedacht. Doch mit einemmal stand wieder alles so plastisch vor mir, als sei ich eben erst aus Scheifeles Wohnwagen geklettert. „Ein leuchtender Balken schwamm am Himmel ..." So war ein Artikel in der „Presse der Sowjetunion"* überschrieben. Ich las – und erstarrte. Da war eine Karte, auf der die Flugbahn des Tunguska-Meteors eingezeichnet war, als Anschauungsmaterial zum Vortrag, den Dozent F. J. Sigel im Staatlichen Sternberg-Institut für Astronomie zum Thema „Die künstliche Natur des Tungusischen Meteors" gehalten hatte. Da war Garreners Haken: bei der Ortschaft Preobrashenka hatte der leuchtende Balken eine spitze Kehre beschrieben ... Rasch holte ich meinen alten Atlas. Wenn man die Flugrichtung *vor* dem Haken geradlinig verlängerte, kam man genau nach Alaska. John, der Mann, der den Haken schlug ... greifbar stand er wieder vor mir: die brennenden Augen, die gequetschte Stimme, der schlotternde Smoking. Und über Dresden leuchteten die Sterne heute nacht genauso klar und fremd wie damals vor siebzehn Jahren über Stuttgart ...

* Presse der Sowjetunion 37, 1967, Seite 5.

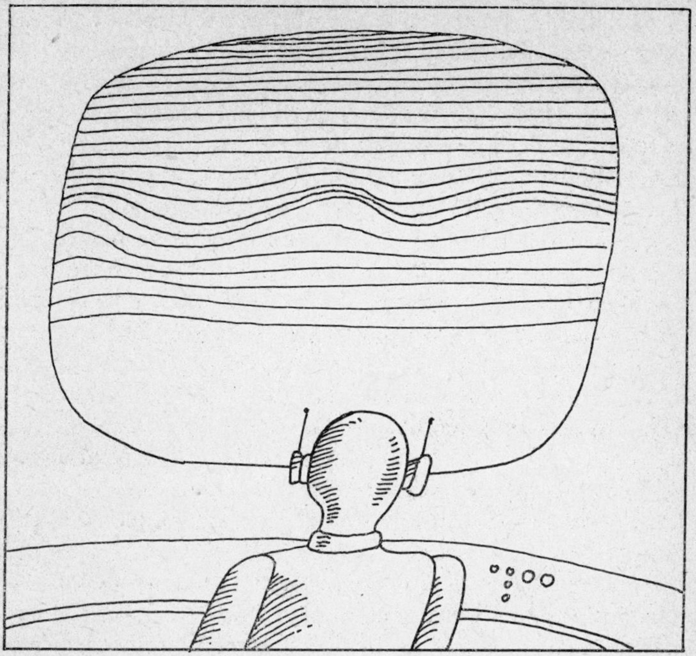

Warum nicht zwei mal zwei?

Peer saß gedankenverloren vor dem großen Bildschirm, auf dem wie zu jeder Stunde, wie jeden Tag, ja wie seit Monaten das kosmische Rauschen seine gleichförmigen, schlierigen Wellen zeichnete. Der ovale, schalldichte Raum war mit dem rauschenden schwach knisternden Geräusch angefüllt, dessen optische Umsetzung er vor Augen hatte.

War es nicht sinnlos, so zu sitzen, auf den Schirm zu starren, die Sinne schon abgestumpft vom endlosen Warten auf einen Ton, eine sich heraushebende Kurve, einen Funken, einen Knall? Eintöniger als das Meeresrauschen, stumpfsinniger als das Pfeifen des Windes über die Dünen der Sahara erschien ihm dieses Sitzen, dieses Warten auf etwas, was vielleicht niemals ... Hatte Rea doch recht gehabt, als sie ihn beschwor, nicht hierherzugehen auf die Mondstation, wo die Stille außerhalb des Observatoriums genau so unerbittlich war wie dieses endlose Rauschen im Beobachtungsraum?

Er war unhöflich geworden, hatte zornig entgegnet, ob sie nicht verstehen könne, daß er am bisher größten Abenteuer der Menschheit teilnehmen sollte? Es gehe darum, endlich Gewißheit zu erhalten, ob andere, Wesen von anderen Gestirnen, sich bereits aufgemacht hatten, die Weite des Raumes zu erforschen ... „Ihr wißt ja noch nicht einmal, in welche Richtung ihr euer Metallohr schwenken müßt", hatte sie erwidert. „Nein, Peer, ich bin ja in der Astrophysik nicht unbewandert. Ich glaube nicht an diese ‚anderen'. Sinnlos wirst du zwei Jahre auf dem Mond hocken – und ich bleibe allein zurück."

Bangte sie davor, daß es vielleicht nach diesen zwei Jahren kein gemeinsames Leben mehr gäbe? Zwei Jahre können unendlich lang sein ... War dies der Grund, warum ihn schon jetzt, nach sechs Monaten, die Arbeit anödete? War es überhaupt Arbeit, was er hier leistete?

Vergeblich suchte er sich selbst zu überzeugen: ‚Ich stehe auf Vorposten, auf Horchposten!' Immer seltener wurden die Stunden, in denen ihn fiebernde Erwartung erfaßte, in denen er förmlich in die Kosmosgeräusche hineinkroch, immer wieder die endlosen Bänder durch die Hände gleiten ließ, immer wieder den Modulator mit der Hand nachregelte, dem Elektronengehirn mißtrauend. Er begann abzustumpfen ...

Ein sanftes Gongsignal schreckte ihn aus seinen Gedanken. Ablösung. Gleich darauf ertönte ein leichtes Surren, mit saugendem Geräusch öffnete sich die Tür zum Zentralraum, Wolodja trat herein. Er dämpfte das Lächeln auf seinem Gesicht, weil er wußte, wie es Peer ums Herz war.

Wolodja ließ sich in den Schwenksessel neben Peer fallen. „Was gab's? Nichts, wie ich sehe. Hast an Rea gedacht, hast gedacht: verfluchtes Observatorium, verfluchte Stille – stimmt's?"

Peer nickte. „Stimmt. Die verfluchte Stille! Sie macht mich verrückt. Was wir tun, ist sinnlos! Wir verschleißen bloß unsere Nerven auf diesem blöden Mond. Die ‚anderen' – die gibt es gar nicht ..."

Wolodja legte seine Hand auf Peers Arm. „Jetzt hör mir mal zu, du Schnelläufer. Hattest du denn im Ernst geglaubt, wir müßten nur das neue Radioteleskop in Betrieb nehmen, die Elektromotoren mit Energie speisen und unser Metallohr kreisen lassen, und schon ertönt es deutlich aus den Lautsprechern: ‚Achtung, wir rufen die Erde!'?"

Peer lächelte bitter. Er klopfte Wolodja auf die Schulter und ging in seine Kabine. Schlafen, traumlos schlafen, versinken ...

War das Unterfangen der Wissenschaftler und Techniker, die mit dem Radioteleskop auf dem Mond arbeiteten, wirklich so aussichtslos? Der Chef, Professor Slomkin, hätte Peer geantwortet: ‚Die Menschheit kann nicht die einzige vernunftbegabte Gesellschaft im Universum, nicht einmal in unserer Galaxis, sein. Schon der Gedanke absoluter Einmaligkeit ist absurd. Zwar ist die Erde noch auf Jahrzehnte nicht in der Lage, so viel Energie zu produzieren, wie ein Ruf ins All mit Aussicht auf Erfolg benötigen würde. Aber können andere nicht weiter sein, viel weiter? Und wäre eine solche Zivilisation nicht wie wir vom Drang beseelt, Gewißheit darüber zu bekommen, wo es ›andere‹ gibt und wie ihr Entwicklungsstand ist? Werden sie nicht entsprechend ihrer technischen Möglichkeiten alles daransetzen, zumindest ihre Gegenwart zu signalisieren?'

Den Wissenschaftlern war es klar, auf welcher Wellenlänge ein solcher Ruf ausgesendet werden könnte. Es müßte eine Wellenlänge sein, von der man annehmen konnte, daß sie allgemein im Kosmos bekannt war, weil es sich bei ihrem Träger um ein allgemein verbreitetes Element handelte: die Strahlung des Wasserstoffs im 21-cm-Bereich! Fraglich blieb, ob ein solcher „Ruf an alle“ auf Systeme, bei denen man Planeten vermutete, gerichtet würde oder ob eine Art Blinkschleuder diesen Ruf hinaussenden würde, um möglichst viele Variablen zu erfassen. Das letztere würde aber eines außerordentlich glücklichen Zufalls bedürfen, um abgehört zu werden, und daher neigte man dazu, eine gerichtete Sendung anzunehmen – wenn, ja wenn die Denkstruktur der „anderen“ ähnlich der menschlichen war.

Die Wahl des Mondes als Standort der Beobachtungsstation schaltete den Störfaktor der Erdatmosphäre mit ihrem irdischen Funkverkehr weitgehend aus. Dafür gab es andere Sorgen: die Sonnenwinde, die Lebensbedingungen, die Eintönigkeit der Arbeit – doch alles mußte in Kauf genommen werden. Sie hatten sich Mühe gegeben, erdähnliche Bedingungen hier oben zu schaffen: Luft, Licht, Temperatur, alles sollte so wenig wie möglich daran erinnern, daß man das heimatliche Gestirn nur als blauschimmernde Kugel sah. Es gab sogar eine Hydrokultur mit Blumen . . .

Das Projekt war intensiv vorbereitet worden. Vor allem war die Frage, was für eine Art von Sendung man erhoffen könnte, immer wieder überprüft worden. Richtete sich doch danach der Rhythmus der Arbeit. Mit dem Empfang einer modulierten Sendung, gar in Sprache oder Musik, rechnete niemand. Mit was sie rechneten, rechnen zu können glaubten, das war der Nachweis einer nicht natürlichen Radioquelle durch rhythmische Frequenzänderungen oder durch sich exakt wiederholende Unterbrechungen nach dem Ja-Nein-Modus. Ja, einige spekulierten sogar auf eine Art intergalaktischen Morse-Code als einfachster Art der Informationsübermittlung. Wenn eine Radioquelle der „anderen“ beispielsweise Pausen in ihre Ausstrahlung einfügen würde, vielleicht sogar mit mathematischen Elementen, wie zwei Pausen hintereinander und dann in weiterer Folge vier Pausen, als $2 \times 2 = 4$, so wäre das schon der Beweis für eine gezielte, bewußt ausgestrahlte Information. Es gab auch bereits Vorstellungen, wie mit Hilfe eines solchen Ja-Nein-Codes selbst Bildinformationen übermittelt werden könnten.

Nach einem genauen Plan wurde das riesige Metallohr, das aus einer Gitterschale von fünfhundert Metern Durchmesser bestand, jede Woche auf einen anderen, vielleicht ergiebigen Punkt im All gerichtet. Dazwischen wurden kürzere Perioden geschaltet, in denen der Parabolspiegel schneller kreiste, um ein breiteres Spektrum möglicher Signale abzutasten. Aber bisher war nicht die leiseste Spur einer künstlichen Ausstrahlung im 21-cm-Bereich aufgespürt worden. Das „goldene Fischlein“ war noch nicht ins Netz gegangen.

Die Wochen vergingen. Nichts hatte sich ergeben. Die Frage nach dem Sinn dieses Tuns blieb offen: die Frage, ob der Verzicht auf das normale Erdenleben in zumutbarem Verhältnis zum Ergebnis stehe, ob Mißerfolg zu ertragen sei. „Erfolg haben ist Pflicht“, hatte ein Professor Peer einst eingehämmert. Mißerfolg demnach Versagen! War das nicht eine Schablone, purer Pragmatismus? War Mißerfolg eine Schuld, ein ungenügendes Einsetzen der Kräfte, eine Lauheit des Geistes und des Willens? Konnten sie denn etwas dafür, wenn die „anderen“ technisch noch nicht so weit waren oder sich in Überzivilisation kontemplativer Versenkung hingaben, statt ihr „Hallo“ zur Erde zu senden? Wo eine Möglichkeit zu erahnen war, bestand die Pflicht, auszuharren . . .

Immerhin hatten sie inzwischen drei neue Quasare entdeckt, eine verfeinerte Methode zur Minderung des kosmischen Rauschens erprobt, die Entfernung des Quasars 3 C 9 genauer als bisher bestimmt. Aber ihr ureigenes Anliegen – bisher Zero, null.

Slomkin zitierte in diesem Zusammenhang gern aus einem

alten Buch: „Lassen wir uns nicht dadurch entmutigen, daß dem Projekt OZMA kein Erfolg beschieden war. Die Wahrscheinlichkeit, gleich beim ersten Versuch mit den beiden nächsten Sternen die Spuren der Ypsiloner zu finden, ist äußerst gering. Unsere Hochachtung gilt der Pioniertat der Schöpfer des Projektes OZMA, die die ersten Schritte auf dem Weg zu den vernunftbegabten Bewohnern anderer Welten taten."

Das war immerhin schon 1972 geschrieben worden, aber leider waren alle folgenden Versuche auf der Erde so negativ wie OZMA verlaufen. Nun sollte das größte und störungsfreieste Radioteleskop auf dem Mond das Schweigen brechen – doch vielleicht würde man in fünf oder zehn Jahren ähnlich mageren Trost spenden wie damals . . .

Seit vier Tagen war das Metallohr auf den Eridanus gerichtet, zum zweiten Mal im letzten Vierteljahr. In wieviel utopischen Romanen hatte die Annahme, im Planetensystem des Eridanus vernunftbegabte Wesen zu finden, eine Rolle gespielt! „Enttäuschen wir unsere Kollegen Schriftsteller nicht", hatte Slomkin scherzhaft zu Beginn dieser zweiten Horchperiode gesagt.

Ja, die Schriftsteller haben es leicht, dachte Peer, sie bevölkern den Kosmos unbekümmert mit unzähligen Kulturen bis hin zu gigantischen Überwesen, die gerade dabei sind, den Kern eines Spiralnebels umzumodeln. Sollen sie doch einmal wie ich vor dem großen Schirm sitzen, sollen sie sich den Helm überstülpen, in den das kosmische Rauschen dringt, bis man Kopfschmerzen bekommt. Nein, meine Herren Phantasten, so einfach ist's nicht wie in euren Büchern! Erfindet lieber etwas gegen diese abscheuliche Eintönigkeit! Wo sind denn eure superschnellen Teilchen, die Tachyonen? Gäbe es sie, säße ich nicht hier, sondern am Kommandopult eines das All durchrasenden Raumschiffs . . .

Peer unterbrach seine Gedanken, ihm schien, als ob sich

im Rauschen etwas verändert und sich ein Fremdes, nie Gehörtes eingeschlichen habe. Doch der Schirm zeigte nichts. War es wieder zu hören? Nein, seine Sinne narrten ihn ... Hörte er etwa schon sein eigenes, leises Lachen? Er hatte sich ja eben in Gedanken über die Literaturphantasten lustig gemacht; waren seine Sinne schon so überreizt, daß innere Stimmen akustisch aufklangen? Oder war es Reas Lachen, gaukelte der nahe Urlaub ihm Trugbilder vor? So etwas gab es, akustische Halluzinationen nannte man das.

Ihm war heiß, er setzte den Helm ab und wischte sich über die Stirn. Sachte drehte er am Knopf der Feineinstellung. Alle Geräusche klangen nun aus den Lautsprechern, wurden auf endlosen Bändern gespeichert, glitten als Kurven in den Fangkorb, zeichneten sich auf dem Schirm als Wellenlinien ab.

Doch da war es wieder: Das klang wie ein leises, unendlich fernes Lachen, ein klingendes, fröhliches Geräusch – wie von einer spielenden Kinderschar ... Peer schüttelte den Kopf. Unmöglich. Übermüdet war er, saß nun schon fast zwei Stunden am Gerät. Jeden Augenblick mußte Wolodja ihn ablösen.

„Alles wie üblich", sagte er dem Freund und ging in seine Kabine. Nur nicht kurz vor dem Urlaub noch durchdrehen! dachte er.

Peer hatte etwa eine Stunde tief geschlafen, als ihn ein hell summendes Klangzeichen weckte. Es bedeutete: unverzüglich zum Forschungsleiter! Seufzend stand er auf. Wahrscheinlich war die Lastrakete mit der Post eingetroffen, Slomkin rief dann stets alle zusammen; die Raumpiloten waren beliebte Gäste. Andere Gesichter, Neuigkeiten, jedesmal ein kleiner Festtag.

Doch als Peer den Zentralraum betrat, sah er keine fremden Piloten. Alle saßen sehr ernst, sehr gespannt da und blickten ihm entgegen. Und Wolodja, sonst stets ruhig und beherrscht, rief: „Fragt doch Peer! ‚Alles wie üblich', hat er mir gesagt. Aber auch er muß es gehört haben! Ich bleibe dabei: ich habe ein Geräusch aufgenommen, es klang wie Lachen . . ."

Peer durchzuckte es. Ein Lachen? Ja, so hatte es auch ihm geschienen. Aber das war doch einfach blödsinnig. Wenn es im Eridanus-System Wesen gab, die Raum und Zeit mit einer Funksendung durchbrechen konnten, dann würden sie doch niemals *Lachen* senden! Sondern – ja was eigentlich? Natürlich Signale, Morsezeichen, Frequenzen, die sich ändern.

Slomkin bat ihn, sich zwischen ihn und Wolodja zu setzen. „Also nun der Reihe nach. Wolodja, du hast von Peer übernommen, und Peer hatte nichts bemerkt?"

Wolodja nickte zustimmend.

„Und dann hast du eingepegelt, und dir war eine leichte Abweichung von der Norm aufgefallen. Konntest du sie filtern und verstärken?"

„Ja doch, ich habe sie auf Band. Aber es ist bestimmt immer noch zu hören, deshalb habe ich euch alle sofort informiert, damit ihr mir bestätigt, daß ich nicht –"

„Los, alle auf die Plätze, das darf uns nicht entgehen", kommandierte Slomkin und stand ruckartig auf.

Peer war wie vor den Kopf geschlagen. Das konnte doch nicht wahr sein! Vielleicht war es ein Reizzustand, der auch Wolodja ergriffen hatte? Akustischer Raumkoller . . .

Doch schon nach wenigen Minuten stand fest, daß Wolodja sich nicht getäuscht hatte. Schwach, aber deutlich hörten es alle: Aus Richtung Eridanus wurde auf der 21-cm-Frequenz ein modulierter Strahl aufgefangen, der im menschlichen Hörbereich lag, eine stabile Frequenz zeigte und nach Verstärkung wie Lachen klang. Ein vielstimmiges Lachen, hell und zart, wie von Kindern. Kosmisches Lachen!

Peer erinnerte sich, daß ihm als Kind eine Lachplatte, die sein Großvater besaß, unvergeßlichen Abscheu eingeflößt hatte. Dort quiekte, kollerte, gellte es durcheinander, es mekkerte, gluckste, rollte – unerträglich, weil man angesteckt wurde, obwohl man sich darüber ärgerte. Man lachte mit, ohne es zu wollen. Dies hier war völlig anders. Wie feine Glöckchen, harmonisch, ohne Übersteigerung. Fröhlichkeit ging von diesem Lachen aus, keine Hysterie. Und die Pausen zwischen den „Lachperioden“ betrugen stets bis auf die Sekunde exakt 2 Minuten und 32 Sekunden ... Wie ein Dirigent leitete Slomkin seine Mitarbeiter, und als nach fast zwei Stunden das Lachen leiser wurde und schließlich ganz verstummte, hatten sie das Wesentlichste „im Kasten“.

Aufseufzend ließen sich alle in die Sessel fallen, nachdem sie die weitere Beobachtung auf Automatik eingestellt hatten. Nach einer Erfrischungspause wollte Slomkin mit der Beratung beginnen, doch Peer kam ihm zuvor:

„Ich habe das Lachen auch gehört, das gebe ich zu. Aber ich habe es für eine Reaktion meiner überreizten Nerven gehalten. Zu irrsinnig erschien mir der Gedanke, jemand könnte auf die Idee kommen, ein Lachen in den Weltraum zu senden ...“

Slomkin hörte ihm mit gefurchter Stirn zu, beschwichtigte ihn aber dann: „Ein entschuldbarer Fehler, Peer. Du warst ermüdet und überreizt – wie wir alle.“

„Koordinaten und Frequenzen, Sendedauer und Impulspausen – alles genauestens vermessen! Ein Grund zum Anstoßen!“ rief Wolodja.

„Keine Übereilung“, warnte der stets skeptische Walter Gruner, Slomkins Stellvertreter. „Dieses Lachen gefällt mir nicht. So ein vertracktes Geräusch ... Vielleicht haben wir doch nur die Widerspiegelung irgendeiner irdischen Unterhaltungssendung empfangen?“

„Nun machen Sie aber mal einen Punkt, Genosse Gruner!“ Wolodja war ärgerlich. „Trauen wir uns selbst nicht mehr? Hier, die Kurven, hier die Zeitmessungen, hier das Tonband!“ Beim letzten Wort drückte er den Auslöser, und erneut hörten alle das reine, zarte Lachen vieler klarer Stimmen.

„Anstoßen können wir, denn wahrhaftig, heut ist ein großer

Tag!“ Slomkin sagte es so feierlich, daß Peer sich erst in diesem Augenblick voll bewußt wurde: Es gab die „anderen“. Man hatte ihre Signale empfangen, vermessen, eben erneut gehört.

„Doch warum so ein menschliches Geräusch, warum nicht streng sachlich und systematisch Impuls, Pause, Impuls?“

Slomkin blickte Peer mit leisem Lächeln in die Augen. „Ein menschliches Geräusch? Nun gut, vielleicht hätten wir lieber $2 \times 2 = 4$ oder irgend eine andere abstrakte Information entziffert ... Aber nein – sie haben ihr Lachen gesendet. Und das hat einen viel höheren Informationsgehalt als alle mathematischen Formeln.“

Slomkin machte eine Pause und trank einen Schluck. Alle blickten ihn erwartungsvoll an. „Das Lachen“, fuhr er fort, „ist eine so typisch menschliche Eigenschaft wie die Sprache. Aber im Gegensatz zur Sprache ist Lachen international. Lachen braucht keinen Dolmetscher. Wie befreiend kann es sein, wie wird eine Situation entkrampft durch ein heiteres, ja homerisches Gelächter! Wenn die Eridaner ein solches Lachen hinaussenden, zeugt das von einer tiefen Wesensgleichheit mit uns und von genialer Weitsicht. Wären sie kriegerische Monster – nie würden sie das Lachen als Brücke durch den Raum gewählt haben ... Hatten wir nicht alle den Eindruck, hier lachen Kinder? Sie demonstrieren uns die Liebe zu ihren Kindern ... Und weiter: Wesen, die lachen, müssen ein Verständigungssystem haben, das sich durch Schallwellen fortpflanzt. Folglich haben sie auch eine Sprache, wir werden uns mit ihnen verständigen können. Ich schlußfolgere: Die Eridaner sind Wesen auf hohem technischen und hohem ethisch-moralischen Niveau, sie sind Luftatmer, haben Sprechwerkzeuge, demnach Sprache und sicherlich auch Schrift. Sie lieben ihre Kinder und sehen im Lachen eine allgemeine Eigenschaft denkender Wesen im Universum.“

Alle saßen zunächst stumm und überdachten das Unerhörte, das Slomkin ausgesprochen hatte. „Das muß sofort die

Erde erfahren", brach Wolodja als erster das nachdenkliche Schweigen. Doch der Professor winkte ab. „Nicht so hastig. Die Erde werden wir erst informieren, wenn alles doppelt und dreifach überprüft ist. Denkt an OZMA."

Peer fühlte tiefe Freude in sich aufsteigen. Ja, so und nicht anders mußte es sein: das Lachen war zur ersten Brücke zwischen den Planeten geworden. Unvorstellbarer Gedanke noch vor Stunden!

Und er hatte es als erster gehört und nicht wahrhaben wollen. Betrübte es ihn? Ein wenig – ja. Doch jetzt konnte er seinen Sinnen wieder trauen, mehr denn je zuvor – wenn er auch nicht ganz ausschloß, daß es Reas Lachen gewesen war, das er gehört hatte . . .

Das Disziplinarverfahren

Der Großadmiral der Galaktischen Flotte zog die Braue hoch. Sein blaues, strahlendes Auge verdunkelte sich, als er auf den in strammer Haltung vor dem halbrunden Tisch stehenden Kapitänleutnant blickte.

„Sie wissen, warum Sie hier sind?“ fragte er knapp.

„Zu Befehl“, antwortete der Angeredete.

„Setzen Sie sich. Das Gericht ist vollständig. Laut Beschluß des Galaktischen Kreises eröffne ich das Disziplinarverfahren gegen Kapitänleutnant Ze Ba Ot von der Ersten Galaktischen Flotte des Äußeren Ringes. Sind die erhobenen Vorwürfe allen gegenwärtig, oder soll ich die wichtigsten Passagen ins Gedächtnis zurückrufen?"

Fragend blickte der Großadmiral in die Runde. Die kleine leuchtende Wolke links von ihm nahm Gestalt an, ein ovales Gesicht wurde kurz erkennbar, ein feiner Ton erklang, die Übersetzungsautomatik begann zu summen, dann ertönte es auf Intergalaktisch im hohen Raum: „Der Delegierte der Magellanschen Wolke bittet um Entschuldigung, aber die Übertragung der Intelligenzschwingungen auf seiner Strahlungsfrequenz im Wasserstoffbereich 21 Zentimeter ist noch nicht restlos ausgepegelt, er bittet um Zusatzübersetzung."

„Genehmigt. Weitere Vorschläge?"

„Ich möchte um eine kurze Zusammenfassung ersuchen." Es war der Vertreter einer der ältesten Kulturen, der diese Bitte aussprach.

„Zugestimmt."

Der Großadmiral verstummte. Ein diskret orangefarbenes Licht leuchtete in einem Kästchen vor ihm auf. Die gespeicherten Informationen – der Bericht über die Expedition Ze Ba Ots und die Analyse des Stabes des Großadmirals – wurden den vier Mitgliedern des Disziplinargerichts der Flotte so vorgespielt, daß sich alles in entsprechenden elektromagnetischen Frequenzen im Gehirn der Zuhörer widerspiegelte.

Dies dauerte etwa zwanzig Minuten. Dann erlosch das Licht.

„Gibt es Fragen?"

Der Vertreter der Flottenverbände des Inneren Ringes, er stammte aus dem Planeten-System des Alpha Tau, verfärbte sich. Die seinen Kopf mit den ausdrucksvollen vier goldenen Augen umschwebende blaßblaue Strahlenscheibe – sein Übertragungsadapter – wechselte zu intensiv leuchtendem Rot. Da die Alpha Tauaner sich nicht akustisch, sondern mittels elektrischer Impulse, ähnlich Radar-Wellen, verständigen, schaltete der Großadmiral rasch den Phonator ein.

„Mir ist unklar, wie die auf dem Planeten 3 des Systems Mx 3 / 2 QR lebende Rasse intelligenter Wesen sich dort überhaupt entwickeln konnte. Wir hörten, ihr Planet sei sehr ungeeignet: viele Eiszeiten und daher geringe Möglichkeiten, ausreichend Nahrung zu finden. Dieser Planet soll sehr klimaempfindlich sein, ohne stabile Außenschale. Die angeblich intelligenten Wesen seien Luftatmer, besäßen keine magnetischen Organe, verfügten nur über zweidimensionale optische Orientierung, zudem noch begrenzt auf starken Photoneneinfall, sähen nachts so gut wie nichts. Dazu komme noch ihre Kurzlebigkeit von maximal sechzig bis siebzig Planetenumläufen. Und zu allem Übel noch bisexuell, zweigeschlechtlich! Das bedeutet doch, daß ihr sogenanntes Gehirn, ihr Bewußtseinswandler, mit ungeheuer vielen Emotionen vollgestopft sein muß. Emotionen, die wesentlich auf den Fortpflanzungstrieb zur Arterhaltung gerichtet und durch Lustgefühle bei der Ausübung der biologischen Vermehrungsvorgänge zusätzlich kopflastig sind! – Wir kennen das ja leider, wir wissen, wie dies alles eine Entwicklung zum logischen Denken ablenken und vor allem das Wachstumstempo der gesamten Art verlangsamen kann – nein, gesetzmäßig verlangsamen muß! Schlechte Chancen also. Wieso konnten sie überhaupt bis zu der Stufe gelangen, auf der sie Ze Ba Ot angetroffen haben soll?"

Ein verstehendes Nicken des Großadmirals. „Noch weitere Fragen?"

Während der Phonator die Worte des Alpha Tauaners monoton wiedergegeben hatte, war ein Mitglied des Disziplinargerichtes unruhig hin und her gerutscht. Er hatte einen runden, mit wolligen grünen Haaren bedeckten Schädel. Jetzt sprang er auf:

„Exzellenz! Ich protestiere im Namen aller Bisexe gegen die Überheblichkeit, die an Rassenwahn schlimmster Sorte erinnert, mit der soeben der Vertreter des Inneren Ringes von Alpha Tau hier gesprochen hat! Ja, wir hatten und haben es schwerer als die Monosexe, unsere Emotionen sind ‚belastet', wie man sich auszudrücken beliebte. Aber für uns sind die Monosexe nach wie vor fast unverständliche Phänomene. Denn wir kennen Liebe und Haß. Uns ist diese kalte Art, sich fortzupflanzen, indem ein Keim im Eierstock heranwächst, ausgetragen und geboren wird, um dann der allgemeinen Aufzucht übergeben zu werden, fremd und unheimlich. Unsere innere Welt wird ein Monosex nie begreifen! Trotz der galaktischen Zusammenarbeit werden Bisexe und Monosexe stets durch Welten des Nichtverstehens getrennt sein!"

„Aber gestatten Sie", warf spöttisch der Alpha Tauaner ein – selbst der Phonator konnte die Ironie in seinen Worten nicht verwischen –, „Sie werden doch zugeben, daß es ungeheuer unpraktisch ist, die Fortpflanzung so wie bei Ihnen auf zwei Gruppen zu verteilen! Allein diese komplizierte Reduktionsteilung der Chromosomen, damit Samen- und Eizelle je nur die halbe Chromosomenzahl enthält ... Gibt es etwas Verschrobeneres in der gesamten galaktischen Natur? Und die Fehlerquellen in der DNS-Helix! Und welche Belastungen für das Individuum bedeutet die Bisexualität: Ehe, Familie, Aufzucht der Kinder, Eifersucht, Tragödien, Selbstmorde ... Bei uns dagegen eine harmonische Entwicklung ohne Ehe, Familien, Liebestragödien. Primär kollektivistisch, zirkulär entwickelt, rasch und hell, wir haben das bessere Los gezogen ..."

Der Großadmiral, obgleich selbst ein Monosex, entzog dem Alpha Tauaner das Wort. „Na na, gehört absolut nicht zur Sache. Der Vertreter der linken Randflotte vom Eridanus ging zu impulsiv an die Dinge heran. So hat das unser Freund vom Inneren Ring doch nicht gemeint! Er wollte lediglich ausdrücken, wie lebenstüchtig doch diese Rasse auf Planet 3 vom MX 3 / 2 QR sein muß, wenn sie das alles überstanden hat."

„Ich meine", schaltete sich der Vertreter einer der ältesten Kulturen ein, „es war eben ein ärgerlicher Zufall, daß in Gestalt von Ze Ba Ot und seiner Mannschaft eine Monosex-

Gruppe auf diesen Planeten stieß. Wäre es ein Schiff vom Eridanus gewesen, wäre alles anders verlaufen! Ich werde darauf später noch zurückkommen." Er lächelte dem Eridaner freundlich zu, auch er war ein Bisex.

„So." Der Großadmiral lehnte sich zurück. „Ich fasse zusammen – Kapitänleutnant Ze Ba Ot wird folgendes zur Last gelegt:

Erstens Verstoß gegen § 1 der Raumfahrordnung: Keine Einmischung in die Angelegenheiten fremder Intelligenzen, es sei denn, Kontaktaufnahme wird gesucht.

Zweitens Verstoß gegen § 215 der Galaktischen Verfassung: Alle Experimente zur biologischen Veränderung intelligenter Populationen sind verboten.

Und drittens Verstoß gegen Abschnitt B des Flottillenbefehls Datum 6. Galaktische Pulsation in der 9. Deklinade: Landeverbot auf neuentdeckten Systemen mit intelligenten Bewohnern ohne ausdrückliche Genehmigung durch den Operativstab.

Gegen alle diese Bestimmungen hat Ze Ba Ot verstoßen. Ich werde später Kapitän Me Fi Sto als Zeugen aufrufen und beraume zunächst eine kurze Pause an."

Der Eridaner kochte innerlich immer noch vor Zorn über die Überheblichkeit des Monosex von Alpha Tau, als der Vertreter einer der ältesten Kulturen zu ihm trat. Sie konnten sich durch akustische Wellen ohne Phonator verständigen, man sah auf den ersten Blick, daß sie zwar verschiedenen Populationen, aber der bisexen Sternenrasse angehörten.

„Grämen Sie sich nicht, mein Lieber. Sie wissen doch, die Monosexe sind eben gefühlskalt, das ist ihr Schicksal. Und im übrigen hatte Ihr Widerpart natürlich nicht recht mit seiner Behauptung, bei ihnen hätte es nie Konflikte zwischen Individuum und Gesellschaft gegeben. Sie haben die körperlich Schwächeren und die intelligenzmäßig Unterlegenen ausgebeutet, auch solche fremder Systeme. Doch das wollen sie alles nicht mehr wissen, seit vielen galaktischen Zyklen haben sie alle Hinweise in ihren Archiven vernichtet. Er glaubte, was er sagte. Aber ich weiß es besser. Wir könnten ihre so strahlende Geschichtsdarstellung ins Wanken bringen, wenn wir nicht Sorge trügen, die intergalaktische Zusammenarbeit zu gefährden . . ."

Ehe der Eridaner antworten konnte, rief die Glocke sie in den Beratungsraum zurück.

Als das Gericht wieder Platz genommen hatte, erhob sich der Großadmiral. „Wir werden jetzt Ze Ba Ot Gelegenheit geben, alles von seinem Standpunkt aus darzustellen. Dann werde ich Fragen zulassen und Me Fi Sto als Zeugen aufrufen. Kein Widerspruch? Dann verfahren wir so. Kapitänleutnant – ich bitte!"

Ze Ba Ot stand auf und war um die ersten Worte verlegen. Es war ja keine Kleinigkeit, nach so langer Praxis als Raumfahrkapitän vor dem Disziplinarausschuß zu stehen. Dann begann er:

„Ich erreichte laut Order das System MX 3 / 2 QR in der vorgegebenen Zeit. Die Dilatation hatten alle Besatzungsmitglieder gut überstanden, die Pulsationen waren ohne Zwischenfälle erfolgt. Von außen einfliegend, ging ich in eine Kreisbahn um Planet 3, wobei ich feststellte, daß er im Gegensatz zu Planet 4 nur einen Trabanten besitzt. Von der Parkbahn aus konnte ich die Infraspektralanalysen bestätigen: Der Planet ist zu drei Vierteln seiner Oberfläche von einer chemischen Lösung bedeckt, einer Sauerstoff-Wasserstoffverbindung. Die Atmosphäre war für uns atembar, bei niedrigerem Flug zeigten sich eindeutig Spuren von Besiedlung, wie sie nur intelligente Wesen erzeugen können. Besonders fielen sie uns entlang eines Flusses in einer Gegend mit recht starker Sonneneinstrahlung auf."

Der Großadmiral unterbrach ihn: „Kapitänleutnant, das alles wissen wir aus den Berichten. Ihre Motive für die Landung, bitte. Was wollten Sie denn auf Planet 3 eigentlich erreichen?"

Ze Ba Ot nickte stumm. Dann fuhr er konzentrierter fort: „Als wir diese Zivilisation geortet hatten, gab ich dem Ringflügelraumer unter Kommando meines Stellvertreters Je Ho Fa den Befehl zur Probelandung. Er blieb knapp sieben Planetenumdrehungen unten und brachte einen Bewohner mit an Bord, der sich He Se Kiel nannte. Durch ihn waren wir in der Lage, ein Übersetzungsgerät anzufertigen und mit den Planetenbewohnern in Verbindung zu treten. Sie befanden sich im Zustand vollkommener Barbarei und Unwissenheit. Ihre Lebenserwartung war lächerlich gering. Immerhin war dieser schon alte He Se Kiel keineswegs dumm. Wir setzten ihn wieder ab und versprachen, uns später erneut um ihn und ‚sein Volk', wie er seine Horde nannte, zu kümmern. Ich beauftragte damit Je Ho Fa, ich selbst flog weiter und widmete mich der Erkundung der geographischen und physikalischen Eigenschaften des Planeten.

Nach drei Sonnenumläufen des Planeten traf ich – wieder dort am Fluß – mit Je Ho Fa zusammen, der inzwischen einiges erreicht und einen intelligenten und kräftigen Mann namens Mo Se in die einfachsten Regeln der Lebenskunde eingewiesen hatte. So war dieser in der Lage, bestimmte Verhaltensnormen für seine Horde aufzustellen und informativ in zehn Punkten zu fixieren. Wir flogen ab und hatten laut Plan eine zweite Landung auf Planet 3 erst vor endgültigem Abflug aus dem System vorzunehmen.

Als wir erneut landeten, mußte ich feststellen, daß kaum etwas von den Ratschlägen Je Ho Fas befolgt oder gar weiterentwickelt worden war. Ich kam zu dem Schluß, mein Stellvertreter sei doch wohl pädagogisch nicht so ganz auf der Höhe gewesen. Daher schaltete ich mich selbst ein."

„Warum, Kapitänleutnant?"

„Warum? Ich wollte meinem Stellvertreter zeigen, daß ich als sein Chef mehr Erfolg haben würde."

„Also Ehrgeiz? Eitelkeit?"

„Das ist wohl etwas zu scharf ausgedrückt, Großadmiral. –

Ich gab den Nachkommen dieses Mo Se persönliche Anweisungen und ließ eine Gruppe der Intelligentesten in verschiedenen Wissenschaften ausbilden: als Zootechniker, Hygieniker, Astronomen, Metereologen und so weiter. Natürlich nur Anfangsgründe. Sie selbst nannten sich ein wenig überheblich ‚Schriftgelehrte', aber ich fand die Herausbildung einer gewissen Intelligenzschicht nicht schlecht. Sehr störend aber war ihre Kurzlebigkeit. War einer halbwegs qualifiziert, ließen seine Leistungen derart nach, daß man mit Jüngeren erneut beginnen mußte. Zudem konnten sie sich schwer auf ihre Tätigkeit konzentrieren, weil die Brutpflege für den Nachwuchs, ihr Fortpflanzungstrieb und die daraus resultierenden individuellen Probleme in den Partnerschaftsbeziehungen wenig Raum für logisches Denken und technisches Verständnis ließen. Ich empfahl ihnen daher die Ehelosigkeit."

Hier lachte der Alpha Tauaner hell auf. „Genau was ich sagte – Bisexe befinden sich in einer sehr mißlichen Lage . . ."

Der Großadmiral rügte den Zwischenruf, und Ze Ba Ot konnte fortfahren: „Doch mein Biogenetiker Lu Zi Fer hatte noch eine bessere Idee. Könnte man nicht, schlug er vor, einen einzelnen Monosex erzeugen, der dann – im aufnahmefähigen Alter durch uns geschult – sein Wissen weitergeben könnte an Anhänger, Junglehrer sozusagen. Ihn interessierte vor allem, ob es möglich sei, einem weiblichen Individuum die Eierstöcke so zu bestrahlen, daß die Reduktionsteilung ausblieb und dann durch künstliche Reife ein quasi monosexes Kind erzeugt würde. Lu Zi Fer sah keinen Grund, den § 215 in aller Konsequenz auf die primitiven Planetenbewohner anzuwenden, und ich verließ mich auf sein Urteil als Fachmann.

Wir suchten uns aus der Horde eine gesunde Jungfrau aus, die im Rahmen ihres Begriffsvermögens glücklich war, daß sie ‚ausgewählt worden sei unter den Weibern', wie sie sich ausdrückte. Also absolute Freiwilligkeit, das möchte ich vor dem Gerichtshof nachdrücklich unterstreichen.

Das Experiment gelang. Die Leibesfrucht war begabt und wie erwartet frei von den unheilvollen hormonalen Störungen einer zweigeschlechtlichen Entstehung."

Hier räusperte sich der Eridaner hörbar, und der Großadmiral sah sich veranlaßt zu bemerken: „Bitte ohne jede Wertung, Kapitänleutnant. Fahren Sie fort."

„Leider ging das Unternehmen schlecht aus. Die ‚Schriftgelehrten' wurden maßlos eifersüchtig, strengten einen Monsterprozeß gegen den Monosex an und ließen ihn töten. Barbarisch, aber fast zu erwarten bei ihrer Primitivität. Das Experiment war gescheitert, ich startete. Das ist alles.

Mein Motiv? Wissensdurst, Neugierde? Vielleicht. In erster Linie aber wollte ich helfen. Ich bin mir bis heute nicht völlig klar, ob ich es mit Wesen, denen der § 1 der Raumfahrordnung zusteht, zu tun gehabt habe."

Ze Ba Ot salutierte und nahm wieder Platz.

„Ich stelle die Ausführungen des Kapitänleutnants zur Diskussion", bemerkte der Großadmiral.

Der Alpha Tauaner meldete sich und stellte fest, seiner Meinung nach hätte Ze Ba Ots Bericht seine eingangs gemachten Bemerkungen über den Vorteil der Monosexe eindeutig bestätigt. Kapitänleutnant Ze Ba Ot müsse einen Verweis erhalten, weil er nicht erkannt habe, daß ein solches Experiment mit Bisexen unmöglich von Erfolg gekrönt sein könne.

Der Delegierte der Magellanschen Wolke interessierte sich dafür, warum sich der erwähnte He Se Kiel so schnell bereitgefunden habe, mit an Bord zu kommen, und auf welcher Basis die dann von Ze Ba Ots Leuten angefertigte Übersetzungsmaschine gearbeitet habe. Dies sei für die intergalaktische Kommunikation von großer Bedeutung.

„Keine weiteren Fragen? Gut. Und jetzt den Zeugen . . ."

Me Fi Sto trat ein. Er war zierlich, ja geradezu dünn, mit einem Kopf, der wie zugespitzt aussah. Sehr blasse Hautfarbe, kohlschwarzes, glattes Haar. Beim Gehen hinkte er ein wenig. Ein Kosmosunfall vor zwei Deklinaden. Keine Schönheit, stellte der Mann vom Eridanus fest, aber immerhin kein Monosex, ein Wesen mit Seele!

Me Fi Sto erklärte, daß er vom Großadmiral den Auftrag erhalten habe, auf Grund des doch sehr seltsamen Berichtes von Ze Ba Ot den Planeten 3 aufzusuchen und festzustellen, wie es sich denn mit den Angaben in dem Bericht verhalte und was aus dem Experiment geworden sei.

„Über eintausendfünfhundert Mal hatte der Planet 3 seit dem Abflug von Ze Ba Ot sein Zentralgestirn umkreist, als ich dort eintraf. Ich hatte das Glück, schon sehr bald einen Gewährsmann zu finden, einen gewissen Dr. Faust, der mir auf Grund seiner für die dortigen Verhältnisse hohen Bildung recht Interessantes sagen konnte.

Ad eins. Das Auftreten von Ze Ba Ot und Je Ho Fa hatte zur Ausbildung von zwei neuen Religionen geführt . . .“

Der Redner wurde unterbrochen, weil sich der Platz des Delegierten der Magellanschen Wolke mit einem schwefelgelben Nebel füllte, was den Großadmiral zu sagen veranlaßte: „Einen Augenblick – ich glaube, hier gibt es Übersetzungsschwierigkeiten!“

Wieder war für Sekunden in dem wabernden grellgelben Nebelfleck das ovale, maskenhafte Gesicht zu sehen, dann ertönte es aus dem Sprechadapter: „Verzeihung – Religion – ich suche vergebens in meinem Register . . .“

Der Großadmiral räusperte sich und wandte sich an den ungeduldig von einem Fuß auf den anderen tretenden Me Fi Sto: „Können Sie eine kurze, galaktisch allgemein verständliche Definition dieses Begriffes geben, damit auch der Delegierte der Magellanschen Wolke erfassen kann, um was es geht?“

Me Fi Sto zog die Stirn kraus, er ärgerte sich sichtlich über die Unterbrechung. „Religion – Religion ist der Glaube intelligenter Wesen an die Schöpferkraft überirdischer personifizierter Mächte, eine historische Stufe der Ausdeutung der

Umwelt und ihrer Erscheinungen. Mit der Entwicklung des Abstraktionsvermögens bildete sich dieser Drang zur Deutung des scheinbar Unerklärbaren heraus, verbunden mit rituellen Kulthandlungen. Also ein primitiver Erklärungsversuch des Lebens und der Welt."

Während der Worte Me Fi Stos verfärbte sich das Wölkchen des Magellaners langsam zu einem tiefdunklen Lila. Lila war der Ausdruck des Verstehens auf den Magellanschen Planeten. Me Fi Sto erhielt das Wort zur Fortsetzung seines Berichtes.

„In der ersten dieser neuen Religionen nimmt Ze Ba Ot die Rolle eines einzigen Gottes ein, in der zweiten wird zusätzlich Je Schu A, so war der Name des unglücklichen Jünglings, als Sohn dieses Gottes verehrt. Damit nicht genug: Offensichtlich hat Kapitänleutnant Ze Ba Ot diesem Je Schu A auch einiges über unsere Flotte erzählt, denn es entstand ein drittes göttliches Symbol, der sogenannte Heilige Geist: ein einzelnes Auge in einem Dreieck. Jeder von uns weiß, daß unser Großadmiral vom sechsten Planeten des Sirius aus dem Volke der einäugigen Monosexe stammt!"

Hier flammte das Stirnauge des Großadmirals unmutsvoll auf. Aber er beherrschte sich und unterbrach den Berichterstatter nicht.

„Ad zwei. Die Tatsache, daß Ze Ba Ot von einer Mannschaft begleitet war, hat zur Legende von Wesen, die den sogenannten Himmel bewohnen, von Engeln oder auch ‚Himmlischen Heerscharen', geführt. Letzterer Ausdruck entstammt der Militärwissenschaft der Planetenbewohner und deutet auf Kenntnisse der Zusammensetzung unserer galaktischen Flotte hin und könnte . . ."

Hier unterbrach der Großadmiral nun aber doch. „Lieber Me Fi Sto, wir alle wissen Sie als hervorragenden Militärtheoretiker zu schätzen, aber Sie schweifen ab, ich muß um mehr Prägnanz bitten!"

„Verzeihung, das hat mir mein Gewährsmann Dr. Faust ausführlich berichtet. Die Antigravitation des individuellen Antriebes und die Schutzkorona des Strahlungsgürtels haben eine Vorstellung herausgebildet, sich diese Engel als geflügelte Wesen, weder Mann noch Weib, vorzustellen. Hier eine Darstellung."

Er reichte dem Großadmiral ein Blatt hinüber, das dieser kopfschüttelnd weitergab. Es hieß „Verkündigung" und stammte von einem gewissen Cranach.

„Interessant", fuhr der Berichterstatter fort, „daß diese Feststellung ‚weder Mann noch Weib' die einzig objektive Beobachtung dieser Primitiven war. Es gäbe noch viel von der sonderbaren Mischung aus ersten wissenschaftlichen Erkenntnissen und abergläubischer Zauberei zu berichten, aber ich will mich kurz fassen. Selbst ein für seine Zeit so gebildeter Mann wie Dr. Faust hat sich mit merkwürdigen Dingen beschäftigt, so mit der Zubereitung einer Salbe, nach deren Gebrauch man angeblich fliegen könne, und mit der Konstruktion eines ‚homunculus'. Ja, mich selbst hielt er bis zuletzt für einen durch ihn herbeigeschworenen Geist. Erst als ich Planet 3 verließ, konnte ich die ersten zagen Ansätze zu einer geistigen Selbstbefreiung feststellen."

Kapitänleutnant Ze Ba Ot hatte dem nichts mehr hinzuzufügen. Zum Religionsstifter, gar zum Gott zu werden – nie im Traume wäre ihm das in den Sinn gekommen. Er war entsetzt, als er aus dem Munde Me Fi Stos solche Kunde vernahm.

Da er die Vorfälle wahrheitsgemäß geschildert und dem Gericht nichts vorsätzlich verschwiegen hatte, kam er mit einer Verwarnung und der Versetzung in den Innendienst im Großen Archiv davon. Für die Dauer von sechs Deklinaden wurde das System MX 3 / 2 QR und insbesondere Planet 3 zum absoluten Sperrgebiet erklärt: keine Funkkontakte, keine Beobachtungsflüge, nichts! Dieser Beschluß wurde unverzüglich als Kommandosache sämtlichen Flotten- und Flottillenchefs zugeleitet.

Die kurzlebigen Bisexe auf dem Planet 3, die es immerhin mittlerweile aus eigener Kraft geschafft haben, den Mond ihres Heimatplaneten zu betreten, richten daher seit mehreren Jahren vergeblich die Metallohren ihrer Radioteleskope ins All. Wer weiß, wie lange sechs Deklinaden des Großgalaktischen Rates dauern!

Der Müllflieger

Seit Tagen schon hatte Peter glänzende Augen, war unaufmerksam in der Schule und brachte seine Mutter durch sein Umherquirlen zur Verzweiflung. Grund dafür war die Ankündigung, Onkel Georg werde einige Tage zu Besuch kommen. Onkel Georg!

Für den Neunjährigen war dieser Onkel mit der Adlernase, den buschigen Brauen und der leicht heiseren Stimme ein Inbegriff des Helden. Schon die Bezeichnung „Müllflieger" umgab ihn mit einer Glorie des Abenteuerlichen; Gefahren blickte er kühn ins Auge. Peters Freunde foppten ihn oft: „Du mit deinem Onkel – Müll wegfliegen, was ist das schon . . .“ Doch Peter sagte dann nur kühl und überlegen: „Ihr habt ja keine Ahnung, was ein Müllflieger für ein Kerl sein muß.“

Müllflieger war ein gefährlicher und aufregender Beruf, nach Weltraumfahrer der aufregendste, den sich Peter vorstellen konnte. Sollten die anderen nur meckern! Das war der blanke Neid, weil sie nicht einen solchen Onkel aufzuweisen hatten.

Onkel Georg war angekommen, braungebrannt wie immer, die Haare vielleicht ein wenig lichter als beim letzten Besuch. Das linke Bein zog er etwas nach, das war neu. Und schreckhaft überraschend war's für Peter, daß der Onkel schon am ersten Abend zwischen einem Schluck Bier und einem Biß ins mit leckeren Radieschen belegte Butterbrot wie beiläufig hinwarf: „Habe die Müllfliegerei aufgegeben seit meinem Unfall. Bin nun bei den Agrofliegern.“

Peter erstarrte. Sein Onkel kein Müllflieger mehr – wie schade. Warum zog er es vor, mit einer kleinen gelben Kiste über langweilige Äcker hinzugondeln und Staubwolken von Düngemitteln auszustreuen? Wo blieb sein Held, der über rauchende Vulkangipfel gekurvt war, so weit heruntergehend, daß er die glühende Lava im Kraterinnern kochen sah, um dann mit sicherer Hand die „Müllbomben“ auszuklinken und ins brodelnde Meer hinabsausen zu lassen . . .

Schon seit zehn Jahren verwirklichte man die großartige Idee, den Müll in die Vulkane zu werfen. Erstens war es sicherer, als die Container auf den Boden der Ozeane hinabsinken zu lassen, zweitens versprachen sich die Geologen von einer systematischen Müll-Plombierung der noch auf der Erde aktiven Vulkane eine Beruhigung der Erdbebenzonen. Müll beseitigen und Erdbeben verhindern – zwei Fliegen mit einer Klappe!

Nicht nur Peter, auch Vater und Mutter wollten wissen, warum Georg seine Tätigkeit gewechselt hatte.

„Nicht etwa, daß mich die Müllfliegerei nicht mehr reizen würde, aber seit meinem Unfall haben mir die Ärzte geraten, zu einer risikoloseren Tätigkeit überzugehen. Und außerdem wird die Müllfliegerei in absehbarer Zeit sowieso historisch überholt sein."

„Wieso? Ich denke, in den letzten zehn Jahren seid ihr sehr erfolgreich gewesen?" fragte Peters Vater.

Peter saß mit roten Wangen da, den Kopf in beide Fäuste gestützt, und hörte gespannt zu. Keiner dachte daran, ihn ins Bett zu schicken.

„Natürlich haben wir allerhand erreicht", antwortete der Onkel. „Diese zehn Jahre haben bewiesen, daß der Gedanke richtig war, den Müll in den Lavagluten der Vulkane zu verbrennen. Auch haben die seismographischen Überwachungen bewiesen, daß sich die Erdbebenhäufigkeit und die Vulkantätigkeit verringert haben. Aber so romantisch wie in den ersten Jahren geht's nicht mehr zu. Ja damals, das war noch was: mit drei, vier ‚Müllbomben' unterm Rumpf im Sturzflug auf den Krater zuschießen, ausklinken – natürlich auch treffen – die Kiste wieder hochreißen, den richtigen Moment abpassen, um zwischen emporgeschleuderten heißen Steinbrokken und Rauchwolken hindurchzutauchen ... Auf Kamtschatka war's besonders gefährlich. Dort hat es meinen Freund Joe erwischt. Bekommt so einen glühenden Steinbrokken in die Steuerung geknallt ... Das glühende, brodelnde Erdinnere ist zu seinem Grab geworden. Müllfliegerlos."

Peters Ohren glühten.

„Aber warum sagst du, daß es bald keine Müllflieger mehr geben wird?"

„Der Müll kommt nach wie vor in die Krater der Vulkane, um dort eingeschmolzen zu werden, aber er wird nicht mehr von Flugzeugen abgeworfen, sondern über Transportbänder hineingeschüttet werden. Man hat schon erste Versuche mit einem neuartigen Beton gemacht, der die Hitze und die Erdstöße aushält. Die Kraterränder mußte man künstlich verstärken und Kippeinrichtungen aus härtestem Stahl bauen, die kein Brocken zusammenschlagen, keine Lava schmelzen kann."

„Und wieso muß man das alles wegen des Mülls machen? Wir haben doch in der Wohnung den Müllschlucker . . ."

Der Onkel unterbrach seinen Neffen mit einem dröhnenden, heiser klingenden Lachen. „Müllschlucker, siehst du, das sind die Vulkanöffnungen auch – aber sozusagen im globalen Maßstab. Jede Woche wird euer Müllcontainer unten im Hauskeller abgefahren und ein leerer aufgestellt. Und das auf der ganzen Erde, in allen Orten! Das ist aber nur der Abfall aus den Haushaltungen. Hast du dir mal überlegt, wieviel Abfälle es in einem großen automatischen Werk gibt und wie man die wieder loswird? Heute ist das ja alles geregelt – aber früher! Da haben die Fabriken ihren Dreck in die Luft gepustet, oft war der Himmel über den Städten, obwohl die Sonne schien, ganz grau und trübe, und bei feuchtem Nebelwetter mußte man Alarm geben und alle Kinder aufs freie Land schaffen, sonst wären sie an Vergiftungen gestorben."

„Jetzt schwindelst du aber, Onkel Georg!"

„Nein, Peter, er hat nicht geschwindelt. So war es früher, und daher war die Idee, den Müll in die Vulkane zu werfen, so genial", sagte der Vater.

„Es gab ja auch andere Vorschläge", spann Onkel Georg seinen Faden weiter. „Man wollte den Müll in den Weltraum schießen, auf den Mond zum Beispiel, sogar sonnenwärts, wo er verglüht wäre. Aber was das gekostet hätte! Jährlich wären Tausende und aber Tausende Müllraketen gestartet worden . . . Unsere Lösung war kompliziert, aber besser und billiger. In letzter Zeit haben wir ja die ‚Müllbomben' an Fallschirmen abgeworfen, das war nicht mehr so gefährlich wie die Sturzflüge. Zumindest die Lavabrocken und der heiße Staub haben uns Flieger nicht mehr erreicht. Aber in den ersten Jahren hat's oft andere, tolle Überraschungen gegeben. Hab ich euch eigentlich schon mal die Stromboli-Geschichte erzählt?"

Vater, Mutter und Peter verneinten, und der Ex-Müllflieger zündete sich aufs neue seine Pfeife an, ehe er begann.

„Das war vor sechs Jahren. Damals ging es vor allem darum, mit riesigen Mengen von Plasteabfällen fertig zu werden. Die japanischen Plastfresserbazillen hatten ja einiges geleistet, aber leider auch sehr unschöne Eigenschaften entwickelt. Zum Beispiel fraßen sie außer Plaste auch leidenschaftlich gern Käse, und man mußte ein besonderes Verfahren erfinden, um die Molkereien vor ihrer Gefräßigkeit zu schützen. Also es ging um Plaste, genauer gesagt um Plasteflaschen, die, zu einem riesigen Knäuel geballt, im Mittelmeer schwammen. So etwa zwei bis drei Millionen Stück . . . Von der Meeresströmung zusammengetrieben, behinderten sie Schiffahrt und Fischfang. Da kam unsere Leitung auf die Idee, diese Flaschen in den Krater des Strombolivulkans zu werfen, der sich auf der kleinen Insel gleichen Namens zwischen Sizilien und Italien befindet. Eine Fangflottille fischte die Flaschen in großen Netzen zusammen, wir hingen diese Netze an unsere größten Lastenhubschrauber und warfen das ganze Gelumpe in den Strombolikrater. Nun ist aber das Feuerloch des Stromboli sehr eng, und ein riesiger Plastflaschenberg häufte sich über dem Kratertrichter auf. Man mußte ihn also bombardieren, um das Feuerloch zu erweitern und die Flaschen bis ins Magma hinabrutschen zu lassen."

„Hast du die Bombe geworfen, Onkel Georg?" fragte Peter mit vor Aufregung zitternder Stimme.

„Hab ich. Und gut getroffen! Binnen weniger Stunden waren die Flaschen im glühenden Strudel des kochenden Stromboli verschwunden. Drei Tage später aber – wir waren damals auf Sizilien stationiert – machte mich in der Frühe mein Chef darauf aufmerksam, daß der Ätna – du weißt doch, Peter, der größte Vulkan Europas – plötzlich zu rauchen aufgehört hatte. Sollte das auf eine von den Geologen vermutete Verbindung zwischen Stromboli und Ätna hindeuten? Wir standen und standen und starrten gebannt auf den Ätna ... Plötzlich, was soll ich euch sagen, begann der Ätna Blasen zu machen! So wie du, Peter, aus Kaugummi Blasen pustest, um sie dann mit lautem Knall platzen zu lassen! Über dem Ätnagipfel wölbte sich eine schillernde Haut, zuerst nur flach, dann aber wie eine riesige Halbkugel – und schließlich zerknallte sie mit einem donnernden, rollenden Geräusch ... Durch das Fernglas sahen wir deutlich, wie die Plastfetzen den Krater umwirbelten. Das schillerte und spiegelte wie eine Riesenseifenblase ... Dabei war das Phänomen nichts anderes als unsere im Feuer der Erde umgeschmolzenen Plasteflaschen.

Durch welche unterseeischen Verbindungswege das Strombolifeuer aus dem sizilianischen Ätna wieder ans Tageslicht gelangen konnte, weiß man bis heute noch nicht genau, aber daß es sie geben muß, liegt klar auf der Hand.

Immer schneller erfolgte das Zerplatzen der Halbkugelblasen. Es wimmelte von Menschen, die dieses Naturschauspiel sehen wollten – obgleich es im Grunde genommen ja gerade kein Schauspiel der Natur war. Und ich fühlte mich wie der geheime Regisseur eines ungeheuren Spektakels ...

Mit einemmal ertönte ein unterirdisches Grollen, die Erde bebte, und eine neue Blase stieg hoch; noch größer als ihre Vorgänger, rötlich und grün schimmernd. Farbbänder schienen an der Riesenkugel entlangzulaufen, immer mehr blähte sie sich auf, formte sich zur Kugel, die sich langsam majestätisch vom Ätnarand abhob. Sich um ihre Achse drehend, schwebte die farbige Plastekugel dem Meer zu, dorthin, wo am Fuße des Ätna die Stadt Catania liegt. Sie flog tiefer und tiefer, wir hielten den Atem an: Wird sie zerplatzen oder wie eine Erscheinung aus der Apokalypse die Stadt in Angst und Schrecken versetzen und dann aufs Meer hinauswehen?

Da durchrissen hell bellende Maschinengewehrschüsse die

atemlose Stille. Einem Carabiniero in Catania waren wohl die Nerven durchgegangen. Ein Donnerschlag erscholl – die Riesenkugel sackte in sich zusammen, und ihre schlaffe Hülle schwebte langsam herab, ganz Catania unter sich bedeckend. Sie war recht warm, klebte auf Häuserdächern, Straßen und Bäumen und löste in der unter ihr begrabenen Stadt eine unbeschreibliche Panik aus. Die Kirchenglocken begannen zu läuten, es klang unwirklich dumpf unter der Plastikglocke; die Luft wurde den Menschen knapp, wild durcheinanderrennend versuchten die Einwohner das Freie zu gewinnen, und da und dort fand sich wirklich ein kleines Schlupfloch, durch das man hindurchkriechen konnte.

Lediglich der Kommandant der Feuerwehr behielt einen klaren Kopf. Seine Truppe beherzter Männer richtete das Mundstück ihrer Spritze gegen die dampfende Haut, auf das Kommando ‚Wasser marsch' wurden alle Ventile gleichzeitig aufgedreht, der Kompressor heulte auf und gab zusätzlichen Druck – und die Hülle zerriß erneut, wölbte sich unter den Wassermassen nach außen, wurde dünner und dünner, ganz wie bei einem Riesenkaugummi. Der Erfolg beflügelte die Männer mit den altmodischen, glänzenden Messinghelmen, und bald hatten sie die größten Plätze und Straßen freigespritzt. Nach vierundzwanzig Stunden war Catania wieder frei, Opfer waren wenige zu beklagen; ein, zwei alte Leute, die vor Schreck einen Herzschlag erlitten hatten, und eine Reihe von Geschädigten des allgemeinen Wirrwarrs. Denn die alte Zunft der sizilianischen Taschendiebe hatte nicht lange gefackelt und einigen Mitbürgern die Taschen leicht gemacht. Nun, das war nicht weiter verwunderlich, versteht ihr, es war mehr eine Art Sport, eine Demonstration der alten handwerklichen Geschicklichkeit, keine eigentlichen Verbrechen. Und ob ihr es glaubt oder nicht: in vielen Fällen wurde anderen Tags der gestohlene Gegenstand ohne Kommentar dem Geschädigten wieder zugestellt. Aber es war doch eine tolle Sache, Catania unter der Blase!"

„Und dabei hast du dir das Bein verletzt?" wollte Peter wissen.

„Ach Gott, das Kind haben wir ja ganz vergessen!" rief die Mutter. „Rasch ins Bett!"

Doch Peter bettelte und drängelte und wollte unbedingt noch hören, warum Onkel Georg kein Müllflieger mehr sein konnte. Sein Quengeln war so nervenaufreibend, daß die Mutter ihm seufzend noch Onkel Georgs al-ler-letz-te Geschichte anzuhören erlaubte.

„Meine letzte Geschichte? Nun, die ist sehr kurz: Ich machte eine Bruchlandung und brach mir die Kniescheibe. Das ist alles."

Peter protestierte. Das sei ja gar keine richtige Geschichte gewesen, er wolle hören, wieso der Onkel eine Bruchlandung gemacht habe.

„Na gut, du Quälgeist. Unser Chef wollte im mittleren Japan eine neue Müllstrategie erproben, dazu mußte ich einen Versuchsflug mit dem Helikopter starten. Es ging darum, die Ladung auf eine Betonrutsche zu kippen und dann diese Rutsche per Funk so zu steuern, daß das ganze Zeug in den Vulkan glitt. Als ich gerade abkippte und das erste Kommando gab, stieß der Vulkan eine kleine Wolke aus. Völlig unprogrammäßig, Vulkane halten sich sonst ziemlich exakt an ihre Zeiten. Die Eruption ließ natürlich meinen Müll hochwirbeln, und ich bekam die Ladung um die Ohren, ehe sie – mit Lavabrocken gemischt – wieder hinabstürzte. Es gab einen Knacks, mein Helikopter wurde herumgerissen, in der rechten Düse kreischte es nervenzerfetzend, ich sah noch, wie sie plötzlich rotglühend wurde – dann trudelte sie nach unten weg! Mit Mühe konnte ich mich in der Luft halten und landen. Aber Bruchlandung, wie schon gesagt. Und auch Bruch der Kniescheibe." Onkel Georg klopfte auf sein linkes Knie.

„Was kam dir denn da in die Quere?" wollte der Vater wissen.

„Ihr werdet es nicht glauben: ein Kinderwagen."

„Ein Kinderwagen? So ein leichtes Alugestell mit Folie? Unglaublich!" rief die Mutter.

„Eben nicht aus Aluminium, sondern DDR-Exportware aus dem vorigen Jahrhundert, solides Stahlrohr, wie wir nach Untersuchung meiner abgesprengten Düse feststellten. So stabil, daß sicherlich vier Generationen in ihm gelegen hatten. Die Experten meinten, es müsse sich um ein DDR-Modell aus der Zeit der zusätzlichen Massenbedarfsgüterproduktion gehandelt haben."

„Ein Kinderwagen", sagte die Mutter versonnen und schüttelte den Kopf. Dann fiel ihr Blick auf Peter. „Nun aber los, ins Bett, Junge!"

Peter ließ sich widerstandslos abführen. Er dachte daran, was er jetzt werden wollte: nicht mehr Müllflieger – nein, Müllstratege.

Die Ratten

Es war ein kühler, nebliger Herbstmorgen. Die Gebäude des Instituts verloren sich in milchigem Grau, ihre Ausdehnung war nur zu ahnen.

Professor Fremborg fröstelte. Den Kragen des leichten Sommermantels hochgeschlagen, strebte er mit langen Schritten der Pforte zu, gewohnt, mit einem freundlichen Kopfnicken sein Reich zu betreten. Auch heute nickte er nur kurz zum Glashäuschen hinüber, aber Pförtner Schmidt kam herausgelaufen.

„Genosse Professor, Genosse Professor“, rief er und konnte ihn mit seinen kurzen Beinen kaum einholen. Professor Fremborg drehte sich etwas befremdet um. Natürlich kannte er Pförtner Schmidt, einen schon bejahrten Glatzkopf mit roter, gesunder Gesichtsfarbe, leidenschaftlicher Kleingärtner, soviel er wußte.

„Ja, was gibts denn?“

Schmidt kam endlich auf gleiche Höhe. „Ich hatte heute Nachtdienst, Genosse Professor. Die haben eine Konferenz abgehalten, Sie werden's nicht glauben, aber es ist die reine Wahrheit!“

„Wer hat was abgehalten?“ Fremborgs Stimme klang ärgerlich. Sollte Schmidt schon am frühen Morgen einen Kleinen zur Brust genommen haben?

„Na unsere Ratten! Als ich die Runde machte und ins Hauptlabor kam, saßen mindestens dreihundert auf dem großen Platz, und der Dicke, zu dem Sie immer ‚Rattenkönig‘ sagen, hockte vor ihnen und quiekte und piepste und pfiff in einer Tour. Alle hatten sie ihre Schnurrbärte gesträubt, wie Antennen, muß ich Ihnen sagen. Sie hörten ihm zu, so sah es aus, wie auf einem Kongreß, Tatsache!“

„Danke schön, Genosse Schmidt, ich werd mich mal darum kümmern.“ Der Professor gab Schmidt die Hand und schritt eilig weiter, seinem Labor zu. Plötzlich fröstelte es ihn noch mehr als draußen im Freien. Rattenkonferenz, dachte er, und schüttelte den Kopf. Schmidt hat sich das zusammengesponnen. Aber die Beobachtung mit den Schnurrhaaren, beachtlich. Als Kleingärtner hat er ja mit Viehzeug zu tun und einen Blick für so etwas. Wirklich, es war erst seit wenigen Monaten exakt beweisbar, daß die Ratten sich mit im Ultraschallbereich ausgestoßenen Tönen über das gewöhnliche Pfeifen hinaus verständigen konnten. Empfangsorgane waren die Schnurrhaare an der Schnauzenspitze. Die Möglichkeit, sich Informationen zu übermitteln, war dadurch größer als bisher angenommen.

Feind Nummer Eins wurden die Ratten beim Umweltschutz genannt. Und so war es! Mit allem möglichen, sogar mit den Abgasen und Abwässern der chemischen Industrie, waren die Umweltschützer im Lauf der Jahre fertig geworden, nur die Ratten spotteten jeder Ausrottungsmaßnahme. Hatte man wieder einmal ein neues Gift entwickelt, erst nach Tagen wirksam und völlig geruchlos, so dauerte es nicht lange, und die Ratten mieden den verdächtigen Futterort oder gar die ganze Futterart. Wollte man ihre Löcher vergasen, so verstopften sie die mit ihren eigenen Hinterteilen, und zwar so lange, bis sich die Gaskonzentration bis zur Ungefährlichkeit verdünnt hatte.

Fremborgs Institut hatte vor allem die Aufgabe, die „soziologischen Beziehungen" und das Lernverhalten der Ratten komplex zu erforschen, um endlich eine radikale Methode für ihre Bekämpfung zu entwickeln. Man hatte eine völlig natürlich wirkende Rattenlandschaft angelegt: Mauerreste mit Müllhaufen, unterirdische Keller, Kanäle und Wasserlöcher. Das Treiben der Ratten war durch verdeckte Fernsehkameras zu beobachten und zu registrieren. Im Labor selbst, wo Einzelversuche durchgeführt wurden, waren in allen Türen Löcher, so daß die Ratten ungehindert herumstöbern konnten und die Anwesenheit der Forscher sozusagen zu ihrer natürlichen Umwelt gehörte. Nur der Ausgang war hermetisch durch eine Rattenschleuse abgesichert.

So wunderte sich Fremborg auch heute nicht, als kurz nach seiner Ankunft eine große Ratte auf seinem Schreibtisch herumzuspazieren begann. Es war der Kerl, den Schmidt als ‚Rattenkönig' bezeichnet hatte. Fremborg erkannte ihn sofort an seinem zimtfarbenen Fell, einer außergewöhnlichen Färbung. Das Tier machte Männchen, glitzerte den Professor mit seinen schwarzen Augen spöttisch an, wie es diesem vorkam, lief dann ein wenig hin und her und rollte sich zuletzt im großen Cliviatopf am Fenster zu einem Schläfchen zusammen. Auch das Telefon störte ihn nicht, das den Professor ins Labor C rief.

Als Fremborg nach einer Stunde wieder sein Zimmer betrat, befand sich der Rattenkönig noch immer auf dem Schreibtisch und lief mit nervös hin und her zuckender Nase auf des Professors Unterlagen umher. Fremborg mußte lachen: Tatsächlich, als ob er studierte, welche neuen Scheußlichkeiten sich die Menschen gegen das Volk der Ratten ausgedacht hatten. Würde der alte Schmidt dies sehen, hätte er sicherlich seinen Spruch von heute früh parat: Sie haben sich beraten, einen Kongreß abgehalten!

Während der Professor vor sich hin schmunzelte, klingelte das Telefon. Sein Oberassistent meldete ihm ziemlich aufgeregt, der letzte Versuch habe nicht geklappt. Die Ratten hätten ihn sabotiert. Alles sei exakt vorbereitet gewesen, die Berührungskontakte, Falltüren, das Labyrinth, der Futterautomat. Doch folgendes sei geschehen: Als der Futterautomat das Futter freigab, habe nur eine einzige Ratte gefressen, nein, eigentlich nicht gefressen, sondern im Futter herumgestöbert und – Käserinden ausgesondert. Fein säuberlich habe sie fünf, sechs Käserinden nebeneinandergelegt, sie aber weder gefressen noch das sonstige Futter angerührt.

Er habe nun die zweite Serie anlaufen lassen, und da sei – völlig unprogrammäßig – diese eine Ratte die Rauhputzwand hochgeklettert, habe mit Gewalt den Relaisdeckel entfernt, sich das knackende Relais angesehen, sei wieder herabgesaust, dorthin, wo die sechs Käserinden lagen, habe eine davon ins Maul genommen, wieder hinauf – und habe mit der Käserinde das Relais blockiert, genau passend . . .

Daraufhin seien natürlich sofort die Futterautomaten aufgesprungen, und die ganze Rattenschar fresse sich in diesem Augenblick dick und doll, ungestört durch Signale oder das programmierte Verschwinden der Futterquelle. Einfach unfaßbar! Was der Professor dazu sage?

Obgleich es mittlerweile hoher Mittag und bei klarem blauem Himmel recht warm geworden war, überlief Fremborg erneut ein Frösteln wie beim Betreten des Instituts im

Frühnebel. Das sah ja wirklich nach einer Intelligenzleistung aus! Sollte der alte Schmidt doch irgend etwas beobachtet haben, das von Wichtigkeit sein könnte? Fremborg beschloß, diese Nacht mit einigen Mitarbeitern im Institut zu bleiben.

Sie hatten noch zusätzliche Fernsehkameras installiert und Ultraschallmikrophone angebracht, um alles aufnehmen zu können. Fremborgs Oberassistent gähnte unverhohlen. Es ging schon auf Mitternacht, und noch immer hatte sich nichts Besonderes ereignet. Die hochempfindlichen Mikrophone übertrugen lediglich das Rascheln und Piepsen der Ratten, die wie gewöhnlich im Labor umherhuschten, im Müllhaufen wühlten, sich jagten und nichts Außergewöhnliches in ihrem Verhalten zeigten.

Doch dann verstärkten sich die Geräusche ganz deutlich aus dem zentralen Raum, der „piazza dei ratti", wie man ihn scherzhaft nannte. Erst waren es ein paar Dutzend, dann mehr und immer mehr, die dort hin und her liefen, sich beschnupperten und dann – ruhig dahockten, als warteten sie auf etwas. Mindestens eine halbe Stunde saßen die Ratten so fast unbeweglich, Fremborg schätzte etwa 400 Exemplare; über die Hälfte aller Versuchstiere hatten sich versammelt. Da man sie nicht durch Lichteinschalten beunruhigen wollte, waren die Ratten auf den Fernsehbildern nur undeutlich zu erkennen. Nur das obligatorische Notlicht, an das die Ratten gewöhnt waren, brannte. Mit einemmal kam Unruhe in die Menge. Die Pfiffe wurden lebhafter, die hinteren drängten nach vorn, wo sich aus dem Halbdunkel eine hellere einzelne Ratte abhob: zimtfarbenes Fell, ein mächtiger Bursche, der Rattenkönig ...

Er saß etwas erhöht auf einem Backstein und machte Männchen. Sofort hörte das Gepiepse auf, alle richteten die Schnauzen mit den Schnurrhaaren in Richtung Chef. Der alte Vater Schmidt hatte gut beobachtet: es sah so aus, als hielte der Rattenkönig eine Ansprache. Hoch aufgerichtet, sich auf seinen Schwanz und die Hinterpfoten stützend, quiekte er in schrillen, gebieterischen Tönen. Eine Ratte lief nach vorn, nahm neben dem König Platz und legte etwas vor ihn hin, was sie im Maul getragen hatte.

„Eine Käserinde“, rief der Oberassistent und packte spontan Fremborgs rechten Arm. „Sehen Sie, jetzt macht sie es vor!“

Tatsächlich, die Ratte nahm das Käserindenstück ins Maul, kletterte erneut an der Wand hoch, mit einem Schwung fiel der Relaisdeckel herab, geschickt schob der Kletterer die Käserinde zwischen die Kontakte. Und unten saßen seine Artgenossen mit hochgereckten Schnauzen und gesträubten Schnurrhaaren und starrten dort hinauf.

„Das ist doch – das ist eine Lehrvorführung, verdammt noch mal!“ rief gänzlich unseriös Professor Fremborg aus. „Unglaublich, das ist Weitergabe einer Erfahrung, soziale Vererbung würde Dubinin dazu sagen. Daß Ratten dazu fähig sind, hätte ich trotz Anerkennung ihrer Schläue nicht für möglich gehalten!“

Am nächsten Tag wurde klar, daß es sich wirklich so verhielt. In der Nacht war die Futterautomatik ausgeschaltet gewesen – aber am Morgen wiederholte sich mehrere Male das Ausschalten des Relais nach der Methode „Käserinde“.

„So kommen wir ihnen nicht bei“, meinte Fremborg zu seinen Mitarbeitern. „Wir müssen in unsere Methodik ein neues Element einführen. Unser Gegner ist in der Lage, unsere Absichten zu erkennen und eine eigene Strategie zu entwickeln, bei kollektiver Weitergabe individuell erworbener Erfahrungen. Das wirft unsere ganze bisherige Konzeption über den Haufen. Was aber können wir machen? Man erwartet schließlich von uns nicht nur Vorschläge, sondern auch experimentell erprobte Methoden. Also noch einmal neu beginnen.“

Monate angestrengter Arbeit folgten. Das Institut konzentrierte sich auf die weitere Erforschung der Verständigungsmöglichkeiten im Ultraschallbereich und der Antennenfunktion der Schnurrhaare. Es war bereits gelungen, einzelne Signale herauszufiltern, so das Zeichen für „Futter gefunden!". Die ersten drei Versuche klappten auch: riesige Mengen Ratten strömten zusammen, als über die Lautsprecher das Rattensignal „Futter gefunden" eingespielt wurde. Aber das vierte Mal kamen die Ratten nicht. Sie hatten gelernt, zu differenzieren, woher das Signal kam. Offenbar klangen die Ultraschalltöne, obgleich von Bändern mit echten Rattenpfiffen abgespielt, doch anders als dann, wenn sie ein Artgenosse ausstieß. Also konnte man nicht wie dereinst der Rattenfänger von Hameln mittels dieses Lockrufes die Ratten hinter sich dreinziehen, ins Wasser, zur Vernichtung. Und auch die Ratten durch Warnsignale zur Flucht zu veranlassen schlug fehl.

„Man müßte sie durch schmerzhafte Ultraschalltöne vor sich hertreiben, am besten ins Meer", meinte eines Tages der Oberassistent.

„Und wie wollen Sie das organisieren?" fragte Fremborg kopfschüttelnd. „Mit unzähligen Trupps, bewaffnet mit Ultrasirenen, von Schlupfwinkel zu Schlupfwinkel ziehend, riesige Rattenarmeen vor sich hertreibend, um sie dann vielleicht nach Märschen von Hunderten von Kilometern irgendwo ins Meer zu jagen? Nein, das ist undurchführbar."

„Oder wir mischen die Anti-Baby-Pille ins Futter, dann sterben sie in einer Generation aus", schlug ein anderer Mitarbeiter vor.

„Haben Sie einmal die Gefahren für uns selbst bedacht? Allen Lebensmitteln müßte die Substanz zugesetzt werden – unausdenkbare Folgen, und die Kosten! Nein, das geht auf keinen Fall", antwortete Fremborg. „Wir müssen nach einem Spezifikum suchen, das selektiv auf die Ratten wirkt, für sie unerkennbar ist und sicher mit ihnen Schluß macht."

„Eine gesteuerte Krankheit?"

„Genau das, aber solche Versuche gibt es ja schon lange.

Die Ratten haben sich stets nach einigen Generationen angepaßt und Immunkörper gegen die Erreger gebildet. Man müßte etwas völlig Abseitiges wählen, was ihnen in ihrer bisherigen Geschichte noch nicht untergekommen ist."

„Marsbazillen!" Es sollte ein Scherz sein, dieses vom Oberassistenten so leicht dahingeworfene Wort, aber es zündete. Marsbazillen! Das war die Lösung! Für den Menschen ungefährlich, hatten Versuche schon länger ergeben, daß es auch virulente Formen gab, die durch die fast sekundenschnelle Verklumpung des Blutes kleinere Säuger unweigerlich töteten. Hier galt es anzusetzen, das könnte ein Ausweg werden.

Bald liefen die Versuche auf Hochtouren. Züchtungsergebnisse, Tierpassagen, Toxizität, alles verlief nach Wunsch. Fremborg atmete auf. Er hatte schon tagelang nicht mehr vom Rattenkönig geträumt und sah das Ziel greifbar nahe.

Der erste Großversuch wurde gestartet. Reihenweise lagen graue Kadaver auf der „piazza dei ratti". Der Infektionszyklus war so, daß innerhalb von drei Tagen eine kranke Ratte ihre unmittelbare Umgebung anzustecken in der Lage war. Danach hatte der Oberassistent die Absterberate errechnet, die erste Besichtigung des Schlachtfeldes entsprach den Erwartungen. Und doch – als Fremborg die Opfer betrachtete, beschlich ihn ein merkwürdiges Gefühl. Da lag er nun, der Zimtfarbene, der Rattenkönig, der so raffiniert die Erfindung der Relaisblockierung weitergegeben hatte, der Anführer der Schar. Ohne Verkrampfung war er einfach umgefallen, sicher ohne große Schmerzen. Herzinfarkt, wie die Sektion feststellte. Und doch – er fehlte dem Professor. Wenn er so dasaß und in den Protokollen blätterte, vermeinte er oft das bekannte Rascheln zu hören, die spitze Schnauze mit den zitternden Schnurrhaaren hinter einem Buch vorlugen zu sehen . . .

Nach einigen Tagen machte der Oberassistent bei der Morgenbesprechung ein langes Gesicht. Die Sterbekurve stimmte nicht mehr, das rot eingezeichnete Ist lag weit unter dem theoretisch zu erwartenden blauen Soll. War das, weiß der Teufel, ein erstes Signal für einen erneuten Anpassungsvorgang? Man wartete noch einige Tage ab; das Rattensterben kam zum Erliegen. Man vergrößerte die Dosis; einige Todesfälle, aber auch einige Geburten, und nach weiteren acht Tagen zahlreicher quicklebendiger Nachwuchs!

„Die Ratten sind zu beneiden." Fremborg seufzte. „Verfügten wir Menschen nur über einen Bruchteil ihrer Anpassungsfähigkeit und immunbiologischen Aktivität ... Vielleicht sollten wir in dieser Richtung mehr tun. Was zeichnet denn die Ratten uns gegenüber so aus, warum sind die so ungeheuer zäh und stabil?"

Nach 16 Wochen hatte die Rattenstadt fast wieder die alte Einwohnerzahl erreicht. Ein ungeheurer Geburtenzuwachs wurde festgestellt, als ob auf ein geheimes Kommando nun ausgeglichen werden sollte, was der Mensch mit seinen Marsbazillen vernichtet hatte.

Und eines Morgens raschelte es auf Fremborgs Schreibtisch. Der Professor erstarrte. Bisher hatte die neue Generation noch nicht den Weg in die Institutsräume genommen. Doch jetzt ... Da kam er hereingehuscht, noch größer als der Zimtfarbene erschien er dem Professor, aber er war weiß, ein Albino, nur die Schnauze lichtrosa, und die Ohren hatten einen bräunlichen Anflug. Fremborg hielt den Atem an, als der Weiße auf seinen Schreibtisch sprang, unbefangen ein Männchen machte und sich die Schnurrhaare strich. Dann verschwand er, und der Professor war sicher, den neuen Rattenkönig zu Besuch gehabt zu haben.

Der bereits an eine Fachzeitschrift der WHO eingesandte Bericht über die Erfolge mit Marsbazillen mußte schleunigst zurückgefordert werden. Die Mitarbeiter wurden nervös, Fremborg träumte erneut vom Rattenkönig, diesmal vom weißhaarigen ...

Trotzdem wurde das Futter nach wie vor mit Marsbazillen

infiziert, man hoffte auf eine Dauerwirkung. Doch Monat um Monat verging, die Sterbequote blieb die einer normalen Population.

Eines Morgens sprach der alte Schmidt erneut den Professor an. Diesmal blieb Fremborg stehen, kam sogar in die warme Pförtnerloge und ließ sich zu einer Tasse Kaffee einladen. „Ich glaube, ich weiß jetzt, wie sie es machen", sagte Schmidt geheimnisvoll. „Der Neue, wissen Sie, der Weiße, das ist ein ganz Gerissener! Hab wieder was gesehen. Heute nacht am Futterkasten, da waren eine Unmenge Ratten, und der Weiße hat geziept und gepfiffen, als ob er ihnen was erklärte, genau wie damals der Zimtfarbene."

„Und dann?" wollte der Professor wissen.

„Dann sind sie ins Labyrinth und haben dauernd mit den Zähnen am Beton genagt. Ganz feinen Staub haben sie heruntergeschabt, mindestens hundert oder mehr waren es."

Fremborg schüttelte den Kopf. „Was weiter?"

Schmidt grinste: „Eigentlich ist's unanständig, aber es geht ja um die Wissenschaft. Dann haben sie alle auf diesen Beton gepinkelt, aber nur die Männchen, so daß es eine Art Brei wurde, und den haben alle ratzebutz aufgefressen."

„Den Betonstaubbrei mit Rattenpisse?" fragte Fremborg verblüfft.

„Genau", sagte Schmidt vergnügt. „Aufgefressen. Was das nun wieder soll ... Vielleicht ein Gegenmittel, meinen Sie nicht?"

Fremborg stürmte in sein Labor, trommelte alle Mitarbeiter zusammen und ordnete Versuche an. Tatsächlich fand sich im Urin männlicher Tiere ein Ferment, das in Verbindung mit dem feinen Silikatstaub der abgeschabten Betonwände das Wachstum der Marsbazillen hemmte. Die Ratten hatten sich also ein Heilmittel hergestellt. Aber auf Grund welcher Erfahrungen? Rätsel über Rätsel! Die Isolation einzelner Tiere in Glaszellen änderte nichts; die Therapie des großen

Weißen hatte bereits eine umfassende Immunisierung herbeigeführt.

Man griff wieder auf alte Methoden zurück, auf Rattengift, Fallen, ja man hoffte, daß die neue Immunität vielleicht eine alte, bereits erworbene verdrängt haben könnte. Aber nichts half, gesund und fidel herrschte die Rattenschar in ihrer Stadt.

Da kam eines Tages der Oberassistent zu Fremborg ins Zimmer gestürzt und legte ihm die neueste Zeitung auf den Tisch. Schlagzeile: „Viren in Venusatmosphäre entdeckt! Venussonde 305 auf dem Rückflug mit Proben an Bord.“ Der Oberassistent sagte: „Wir müssen sofort hinschreiben, damit wir einen Stamm bekommen, vielleicht ist das die Rettung!“

Fremborg nickte gedankenschwer. Nachdem er gelesen hatte, stand er auf und verschloß die Zeitung in seinem Panzerschrank. Der Oberassistent blickte verwundert, aber der Professor sagte nur: „Der Weiße! Wenn er das findet . . .!“

Coazervatchen

Wir waren schon einige Male ins Gespräch gekommen. Er war ein stiller, blasser Mensch mit sorgfältig, beinahe pedantisch gekämmten schütteren blonden Haaren und einem nichtssagenden Gesicht – bis auf die Augen. Diese Augen waren leicht verschleiert, manchmal stumpf vom In-sich-hinein-Horchen, dann aber plötzlich blankgeputzt wie von einem Frühlingsregen.

Ich wußte von ihm nur, daß er acht Tage vor mir in das Sanatorium gekommen war. Wir saßen am gleichen Tisch, und so ergab sich mit der Zeit das übliche Fragespiel des Woher und Wohin und auch des Weshalb. Während die meisten Kurgäste gerne und viel darüber sprachen, warum man sie gerade jetzt zur Kur geschickt habe, welche Kliniken, Professoren und Kollegien sich bereits darum bemüht hatten, die Galle, Leber, Nerven etc. wieder ins Lot zu bringen, wich mein Tischnachbar solchen Fragen stets mit einem schüchternen, hilflosen Lächeln aus. Direkt angesprochen von der lebhaften, zur Fülle neigenden Blondine am Nachbartisch, von der jedermann die genaue Zahl der operativ entfernten Gallensteine wußte, meinte er nur: „Ich war mit den Nerven herunter, angeblich." Das war nicht erschöpfend, doch weitere Details konnten ihm nicht entlockt werden. Nerven, also Manager, schlußfolgerte unsere Nachbarin, und im Geiste sah sie den hageren Mann mit den schütteren Haaren hinter einem riesigen Schreibtisch kühl und gelassen ein großes Kombinat leiten oder gar ein Ministerium.

Als wir auf einer Bank am Waldrand saßen, wurde er lebhafter als sonst. Es mochte vielleicht der schöne Frühherbst sein, das goldene Licht über den sich sanft färbenden Blättern des Buchenwaldes vor uns, die Idylle der hellen, bläulichen Rauchfahnen aus den Schornsteinen des sauberen Dörfchens, was ihn veranlaßte, mir sein Herz auszuschütten. Ausschütten ist sicherlich ein Begriff, der nicht dem entsprach, wie er zögernd die Worte wählte, in der Rede stockte, innehielt, um mit einem kleinen Zweig Striche in den lockeren Waldboden vor unserer Bank zu ziehen. Doch für ihn war es gewiß eine Tat, über sich und sein Hiersein zu sprechen.

„Ich bin Biochemiker", begann er leise. „Ich weiß, viele Leute verstehen davon wenig oder nichts, aber das tut nichts zur Sache. Sie werden mich gewiß begreifen, nicht wahr?"

Nun, als Zeitungsmann war ich natürlich allerlei gewohnt. Biochemie, das sagte mir schon einiges, ich dachte dabei an Bodenfruchtbarkeit, Broileraufzucht und die große LPG, über die ich meine letzte Reportage geschrieben hatte. Neugierig geworden, forderte ich ihn auf, weiterzusprechen.

„Biochemiker, wie ich sagte. In einem Labor, bei Professor Schleher. Im räumlichen Sinne war das Labor nicht groß, aber Schleher leitete die Coazervatversuche, und ich war seine rechte Hand. Sie wissen doch, Oparin, Ursuppe, Eiweißmoleküle, Millers Versuch, und jetzt ist Formaldehyd im Kosmos nachgewiesen, alles ungeheuer interessante und für mich aufregende Dinge. Und Schleher arbeitete an Coazervaten, an den Vorbausteinen des Lebens. Es war faszinierend für mich."

Das war allerdings eine andere Dimension als die Kooperationsgemeinschaft Weterow mit ihrem Fleischschwein! Er redete und redete, mir schwirrte der Kopf. Seinen Augen sah ich an, wie er bei der Sache war, sie glänzten wie zwei nasse Anthrazitstückchen. Alles verstand ich beileibe nicht, und wie dies Ganze mit seinen zerrütteten Nerven zusammenhing, das hatte ich immer noch nicht herausbekommen.

„Es gelang uns, ein relativ stabiles Coazervat zu entwickeln, das eine neue, bisher völlig unbekannte Eigenschaft der Materie zeigte. Schleher nannte dieses Phänomen ‚Autosimileaktivität'."

Ich muß wohl ein sehr dummes Gesicht gemacht haben, denn mein Begleiter fuhr hastig fort: „Wir entdeckten, daß diese Coazervatkügelchen, sobald sie einem anderen lebendigen Körper gegenübertraten, dessen äußere Gestalt, Farbe, Form annahmen. Es war, als ob sie unsichtbare Augen hätten, als ob sich das fremde Lebewesen in ihnen spiegeln würde."

Ich unterbrach ihn: „Das ist mir zu hoch! Können Sie mir dafür ein Beispiel geben?"

„Beispiel?" Er dachte angestrengt nach. Kein Wunder, ihm war dies alles geläufig, war seine zweite Natur geworden, wie sollte er es solch einem blutigen Laien, wie ich einer war, erklären?

„Warten Sie, ich hab's. Stellen Sie sich vor, wir haben in

einer wässerigen Lösung ein kleines Coazervatklümpchen schwimmen und betrachten es unter dem Mikroskop. Es schwebt als schillerndes Kügelchen, zeigt keinerlei Eigenbewegung. Nun bringen wir ein Pantoffeltierchen dazu. Das Pantoffeltierchen bewegt sich lebhaft, versucht, ob das Coazervatkügelchen zu fressen sei, stupst es an, betastet es mit seinen Zilien. Und dann – ich erinnere mich noch genau, als ich dies das erste Mal sah, bekam ich eine Gänsehaut – verändert sich das Coazervatkügelchen und nimmt langsam, wie fließend, die Gestalt des Pantoffeltierchens an! Dieselben lebhaften Bewegungen, dasselbe Herumschwimmen und Tasten mit den kleinen Plasmafortsätzen, ja, ein Spiegelbild, ein Eiweißbild! Unfaßlich! Nach wenigen Sekunden war nicht mehr zu unterscheiden, was das echte Pantoffeltierchen und was das Coazervatchen war, wie es Schleher liebevoll benannt hatte. Es half nichts, wir mußten einen Tropfen Essigsäure zugeben, um das echte Pantoffeltierchen aufzulösen. Und sieh da, eines löste sich auf, das andere verharrte höchstens eine Zehntelsekunde in der fremden Form, in der Maskierung, um dann wieder zu einem schillernden kleinen Kügelchen zu werden, einem Coazervat. Verstehen Sie jetzt den Begriff: Autosimileaktivität? Fähigkeit zur Gestaltähnlichkeit aus eigenem Antrieb, sozusagen automatisch. Eine umwerfende Entdeckung, nicht wahr?"

Ich gestand, daß dies zweifellos für einen Biochemiker recht interessant wäre – aber umwerfend, ich wüßte nicht . . .

Er wurde eifrig, fast schien er gekränkt. „Bedenken Sie", rief er aus und warf den kleinen Zweig, mit dem er im Waldboden gekratzt hatte, hinter sich, „bedenken Sie die ungeheuren Möglichkeiten! Gelänge es, stabile Coazervate herzustellen, komplizierte Verbindungen mit Autosimileaktivität, und kämen wir so weit, durch einen hinzuzufügenden Inaktivator die Autosimileaktivität zu fixieren, nach erreichtem Abbild zu stoppen – wir hätten ein Mittel in der Hand, um beispielsweise Organe des Menschen eiweißgerecht künstlich nachzubilden, und zwar entsprechend der individuellen Immunlage des jeweiligen Patienten! Ja, Sie vermuten richtig: Die Organtransplantation wäre dann ein Klacks, eine völlig risikolose Sache! Stellen Sie sich vor, ein Unfall, es wird eine Hand abgerissen. Ein entsprechend großes Coazervat bildet nach der unverletzten zweiten Hand diese völlig gleich nach – das kann man so verfeinern, daß alle Adern, Nerven, Muskeln genauestens darin kopiert sind. Im richtigen Moment einen Schwups des Inaktivators hinzugießen, die neue Eiweißhand erstarrt, kann aus dem Fixierbad entnommen und dem Stumpf angesetzt werden. Unvorstellbar, nicht?"

Waren seine Nerven wirklich nicht in Ordnung? Mir wurde er unheimlich. „Haben das die Versuche Schlehers ergeben?" fragte ich und merkte im gleichen Augenblick, daß meine Stimme vor Aufregung kratzig klang.

Er blickte mich erstaunt und mit großen Augen an. „Nein, natürlich nicht, noch nicht! Habe ich so etwas gesagt? Dann haben Sie mich falsch verstanden. Aber das wird die Zukunft sein, dahin müssen wir kommen."

„Und warum geht es jetzt noch nicht?" bohrte ich weiter, irgendwie aber doch erleichtert, daß es noch nicht soweit war. „Gelingt es nicht, Coazervate in dieser Größe herzustellen, sind sie zu empfindlich . . .?"

Er dachte einen kurzen Moment nach. „Sie sind hohl", sagte er dann, „verstehen Sie, hohl! Wir haben größere Coazervate erzeugen können, bis zur Größe einer Biene. Die Coazervatbiene konnte sogar fliegen, aber sie hatte keinen echten Stoffwechsel. Den Nektar, den sie saugte, konnte sie nicht verwerten, außerdem wirkte die Autosimileaktivität so, daß sie sich, wenn sie mit anderen Bienen auf eine Blüte flog, sofort dort ebenfalls in eine Blüte umwandelte. Sie sind hohl, schrecklich. Vorläufig nichts zu machen."

„Also haben Sie bereits eine solche künstliche Biene erzielt, das ist doch enorm!"

Er seufzte. „Das ist es ja gerade! Sehen Sie, beim Pantoffeltierchen war es noch einfach, ein Tropfen Essigsäure, schon war alles klar. Aber versuchen Sie einmal, unter sechs, sieben Spatzen, die herumschilpen, herauszufinden, welches das Coazervat ist! Gar nicht einfach. Ständig verändern sie sich, es muß da ein Gesetz geben, das sie veranlaßt, sich dem jeweils größten Lebewesen anzugleichen, dem sie gegenübertreten. Und wenn dann die Coazervathaut zu dünn wird, platzen sie, und eine schillernde, schlenkrige Flüssigkeit, ein paar Schleimfäden, das ist alles, was übrigbleibt. Kein schöner Anblick!"

„Könnte man das Verfahren nicht vereinfachen, indem man versucht, ihre Oberfläche zu verfestigen oder sie langsam von innen heraus aufzubauen, ihnen vielleicht zuerst einen Hühnerembryo zu zeigen, dann das frisch geschlüpfte Küken und so weiter, um so den Entwicklungsweg nachzuvollziehen?"

Der Blick, mit dem er mich jetzt von der Seite maß, war mißtrauisch. „Wissen Sie, warum ich hier bin?"

„Nein. Wegen der Nerven, Überarbeitung, nehme ich an."

„Wissen Sie's wirklich nicht?"

„Aber nein", sagte ich, „auf Ehre!"

„Na gut, ich will es Ihnen sagen. Stellen Sie sich vor, ich war vierzehn Tage in Urlaub gewesen und komme ins Institut zurück. Was sehe ich, als ich ins Allerheiligste eintrete: Schleher! Aber doppelt, Schleher in zweifacher Ausfertigung, genau gleich in Anzug, Größe, Bewegung, Schleher, der mir zweimal die Hände entgegenstreckte und sagte: Da staunen Sie! Wir haben den Hemmer der Autosimileaktivität gefunden! Jetzt können wir große Coazervate machen! Raten Sie mal, welches der Echte ist!

Ich brachte es nicht heraus, ich war wie in einem Irrgarten, in einem Gefängnis. Was sollte ich tun? Die Schlehers lachten und lachten, zuletzt hänselten sie mich, daß ich so blöde wäre und auf das Einfachste nicht käme! Da ging es mir wie ein Blitz durch den Kopf: Sie sind ja nach wie vor hohl, die Eiweißspiegelbilder! Also muß ich ihn verletzen, am besten mit einer Nadel hineinstechen, wie man einen Luftballon zum

Platzen bringt, die Luft ablassen, ihn zusammenschrumpfen lassen zu einer häßlichen kleinen Lache. Leider war es zuerst der Echte, dem ich die große Kanüle, die ich stets bei mir trage – ich bin Diabetiker, falls Sie es noch nicht wissen – in die Hinterbacke jagte. Doch dann schrumpfte der Falsche zusammen, während der Echte grimassenschneidend im Zimmer umherhüpfte und mich einen Idioten schalt. – Aufgegeben hat Schleher aber keineswegs, im Gegenteil! Mir blieb nur eine Wahl: Jeden Früh testete ich erst meine Umgebung, ob man mir nicht wieder einen solchen Zwilling unterschieben wollte. Kaum sahen sie mich, flohen die Laborantinnen schreiend in die Damentoilette. Das kränkte und ärgerte mich. Wenn Sie echt sind, kommen Sie raus und lassen sich testen! schrie ich und hämmerte an die Tür. Auch den Betriebsschutz testete ich, erst auf dem Polizeirevier wurde mir klar, daß ja unmöglich Schleher im Institut eine Polizeiuniform haben konnte, und ich wurde ruhiger."

„Und dann?" fragte ich weiter, halb schaudernd, halb belustigt.

Er zuckte mit den Schultern. „Der Chefarzt in der Nervenheilanstalt glaubte mir kein Wort. Schleher stellte ein Zeugnis aus, daß ich offenbar restlos überarbeitet sei, das Erlebnis mit dem Coazervat, das die Form eines Pantoffeltierchens angenommen habe, hätte mich zerrüttet. Die Versuche wären über dieses Stadium nicht hinausgekommen . . . hier hat er gelogen, einfach gelogen!"

Er blickte mich scharf und durchdringend an. „Komisch, mir scheint, Sie sehen mir auf einmal so ähnlich, sehr ähnlich . . ." Langsam griff er in seine Tasche und zog eine Kanüle hervor. Plötzlich sah ich sie zwischen seinen Fingern blitzen. „Gestatten . . ."

Ehe ich aufspringen oder ihn abwehren konnte, spürte ich einen beißenden Stich im Oberschenkel. Seine Augen waren weit aufgerissen, dann warf er sich zurück, daß die Waldbank knarrte, und lachte los. Laut kollernd, ohne einhalten zu können, gluckste und prustete er: „Sie sind echt, Herr Nachbar, nichts für ungut . . .“

Dann sprang er auf und rannte, ohne sich noch einmal nach mir umzusehen, den Hang hinunter aufs Sanatorium zu, während ich verärgert und verdutzt meinen Oberschenkel rieb.

Beim Abendbrot war ich allein. Herr G. sei abgereist, ein dringliches Telegramm, hieß es. Als ich der Blondine mein Erlebnis erzählte, sagte sie nur: „Na, hören Sie mal!“ und warf mir einen Blick zu, der mich zwei Tage lang zittern ließ, man würde mich dem Psychiater vorstellen.

Einen Professor Schleher habe ich vergeblich in allen einschlägigen Listen gesucht. Aber Coazervate, die gibt es, das habe ich nachgelesen. Bei Oparin, Tatsache!

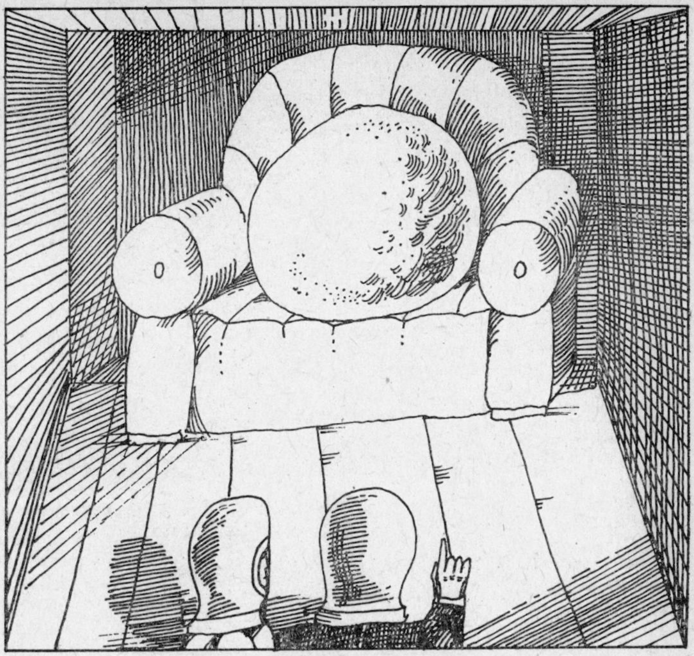

Imago

Noch sitze ich in Untersuchungshaft, aber ich hoffe, daß diese ungeheuerliche Anklage wegen Mordes in der öffentlichen Verhandlung zusammenbrechen wird. Es drängt mich, allen zu danken, die mir in dieser unerhört schweren und komplizierten Lage beigestanden haben.

Die Presse hat sich skandalös benommen. Daher habe ich mich entschlossen, selbst zu schreiben. Keinen Zeitungsartikel, der gekürzt oder verdreht werden könnte, sondern einen Bericht, den ich der Königlichen Gesellschaft der Naturwissenschaftler Großbritanniens, der ich die Ehre habe anzugehören, zusenden werde. Mag man ihn dort veröffentlichen oder zu den Akten legen – das gebe ich in die Hand der Männer, die den Bericht lesen werden. Und ich bin sicher, sie werden ihn veröffentlichen . . .

Ich, Ernest Stanley Stanbury, Professor der Biologie in Cambridge, bin angeklagt, den Sohn des Sir Archibald McCorney, emeritierter Professor der Zoologie an ebenderselben ehrwürdigen Universität Ihrer Majestät, vorsätzlich getötet zu haben. Also Mord. Stanbury hat McCorney junior ermordet, so las es der Mann von der Straße in fetten Schlagzeilen. So war es Spitzenmeldung in allen Tele-Sendungen und Rundfunknachrichten. Und dazu meine Aussage: Ja, ich habe vorsätzlich ein Wesen vernichtet, von dem Sir Archibald behauptet, es sei sein Sohn; ich aber sage, es war ein Monster, ein Ungeheuer, eine unermeßliche Gefahr für die Menschheit.

Man hat mich beschuldigt, ich sei ein fanatischer Mystiker, ich sei auf Sir Archibald eifersüchtig gewesen, ich hätte die Naturwissenschaft um Jahrzehnte zurückgeworfen . . . Es lohnt nicht, alle diese Beschimpfungen aufzuzählen. Das wäre auch unwichtig. Wichtig ist nur, daß ich freigesprochen werde, nicht etwa mangels Beweisen, sondern frei von Schuld!

Doch ich fürchte, ich lasse mich von Emotionen hinreißen. Mein Bericht an die Königliche Gesellschaft muß von der besten Tradition altbritischer Nüchternheit und Sachlichkeit getragen sein. Ich beginne also aufs neue.

An unserer Universität Cambridge besteht ein löblicher Brauch: jeder Ordinarius betreut persönlich einen emeritierten Kollegen. Es liegt dies nicht nur im Interesse der alten Herren, sondern auch im Interesse der Universität als Ganzem. Zu allen wichtigen Konzilien werden sie eingeladen, erscheinen zahlreich und freuen sich, daß sie noch gewürdigt sind. Und oft hat ein Wort aus ihrem Munde Gewicht bei Entscheidungen gefunden.

Seit Jahren war mein Emerit, wie wir scherzhaft zu sagen pflegten, Sir Archibald. Zwischen Biologie und Zoologie war die Fachbeziehung gegeben, und mir bereiteten die nicht allzu seltenen Besuche auf dem schönen, stillen Landsitz Sir Archibalds viel Freude.

Sir Archibald war als Sonderling bekannt: unbeweibt, aus vermögendem Geschlecht, hat er sein ganzes Leben der Insektenforschung gewidmet. Er war zweifellos lange Zeit der größte Entomologe des Vereinigten Königreiches, wenn nicht ganz Europas. Seine Arbeiten über die Metamorphosenhormone haben ihn weltbekannt gemacht. Und auch im hohen Alter wußte er noch ungemein lebhaft und interessant zu erzählen. Wenn ich mit ihm vor dem Kamin saß, pflegte er mich nie anders als „junger Freund" zu titulieren. Er saß dann da, die stakigen Beine angezogen, daß die Knie sich durch die Hosen zu bohren schienen, die Teetasse in der Hand, listige Fältchen um die Augen, deren einst blaue Iris durch den Greisenbogen abgestumpft war, und erzählte und erzählte . . .

Er lebte nicht schlecht. Ein Butler, eine Köchin, ein Laborant, ein Gärtner, zugleich Fahrer seines vorsintflutlichen Lancia: so war er beinahe der vollendete Typ des englischen Landedelmannes, der nach vorgeschriebenen Regeln mit Fassung die letzte Stunde erwartet.

Bei meinem letzten Besuch war Sir Archibald achtzig Jahre alt geworden; genauer: ich war als Gratulant der Universität auf seine Bitte hin erst am Tage nach dem Geburtstag erschienen, damit der ganze lästige Familienrummel vorüber sei, wie er am Telefon gesagt hatte, und wir wieder einmal in Ruhe plaudern könnten. Mir war das recht, denn mir lag wirklich mehr an seinen klugen, manchmal sehr spitzen Reden als am Geplauder mit Lady X und Sir Y, die sich durch nichts anderes auszeichneten als irgendwie mit Sir Archibald verwandt zu sein.

Kurz zuvor war ich aus den Vereinigten Staaten zurückgekehrt und hatte mir für den Jubilar einige nette Storys gemerkt. Auch nahm ich den niedlichen Laser-Werfer im Taschenformat mit, eine Neukonstruktion, die mir der Staatssekretär für Wissenschaft in Washington förmlich aufgedrängt hatte. Ich müsse unbedingt so ein Ding haben, sagte er, sonst sei ich nicht sicher davor, daß mich irgendeine Gangsterbande kidnappen würde, nicht um Lösegeld zu erpressen, sondern um mich einzusperren und für sich arbeiten zu lassen. Es gäbe ganze Wissenschaftszentren, von deren Existenz man wisse, gegen die man aber nichts unternehmen könne, um die dort festgehaltenen Forscher nicht zu gefährden. Doch im gleichen Atemzug beruhigte er mich: die Mafia verhandle gerade über die Bildung eines großen Wissenschaftstrusts, der alle staatlichen und privaten Universitäten vereinigen solle, unter dem Primat der Cosa nostra. Dessen Chef wäre dann natürlich kein Gangster mehr, sondern vielleicht Unterstaatssekretär . . . Ich war sicher, dem Alten würde diese Geschichte Spaß machen. Er hielt von jeher die Amerikaner für nicht würdig, sich selbst zu regieren. Sogar Washington war für ihn ein Meuterer, eine Art Robin Hood der Neuzeit.

Sir Archibald empfing mich freudig, nahm würdevoll die aus Anlaß seines achtzigsten Geburtstages geprägte Plakette der Universität Cambridge entgegen, und bald saßen wir im traditionellen Teezimmer am Kamin. Mir erschien er noch lebhafter als sonst, die Haut leicht rosig trotz zahlloser Runzeln und Fältchen; sollte er gestern mit der lieben Verwandtschaft etwas zu viel Portwein getrunken haben?

Entgegen sonstiger Gepflogenheiten lud der aufgekratzte alte Herr mich ein, doch zum Lunch zu bleiben, es sei noch so viel übrig von gestern. Natürlich nahm ich dankend an. Ohne sonderlich überrascht zu sein, hörte er sich dann meine amerikanische Story über die Gangster in der Wissenschaft an.

„Bald wird's auch bei uns soweit sein", meinte er und nickte mit dem kahlen Kopf. „Deshalb habe ich in meinem Testament ausdrücklich bestimmt, was nach meinem Tode mit meiner größten Erfindung geschehen soll. Damit sie nicht in unrechte Hände kommt, schenke ich sie der Universität Cambridge. Ein Konsortium, dem auch Sie angehören werden, soll über sie wachen."

Seine größte Erfindung? Was er wohl damit meinte? Schon öfters hatte er in den letzten Jahren, manchmal etwas verworren, von einer großen Überraschung dahergeredet. Nun wollte er mich damit in Verbindung bringen. Ich wurde neugierig.

„Ich bin sehr geschmeichelt, Sir Archibald, daß Sie an mich in Ihrem Testament gedacht haben, obgleich ein Geburtstag eigentlich nicht der Anlaß sein sollte, von Hinterlassenschaft . . ."

„Lassen Sie den Quark, Stanbury", unterbrach er mich. „Wir beide leben lange genug, um zu wissen, daß eines Mannes achtzigster Geburtstag sein letzter sein kann. Daher werde ich Ihnen heute etwas zeigen . . ."

Er stand auf und ging in den Nebenraum, ein wenig schlurfend, die hagere Gestalt im ganzen aber noch straff. Ich hörte eine Schublade quietschen, dann kam er zurück, eine dicke Mappe in seinen mageren Greisenhänden.

„Sie müssen mir schwören, keinem Menschen etwas zu sagen, ehe ich tot bin!"

Ich wollte einen etwas scherzhaften Ton anschlagen und schwor bei St. Patrick und dem Einhorn in Dero Majestät des Vereinigten Königreiches Wappen – Sir Archibald lächelte milde. „Ich kenne mich, Stanbury, und ich fühle, allzulange werden Sie nicht zu warten brauchen." Dann schlug er die Mappe auf, nahm das erste Blatt zur Hand, legte es aber wieder zurück. „Ach was, besser, wenn ich einfach erzähle. Sehen Sie, die Insekten haben mich schon seit meiner frühen Jugend fasziniert und waren Anlaß für mein Zoologiestudium. Drei Viertel aller Lebewesen auf unserem Planeten sind Insekten, allein auf unseren britischen Inseln gibt es über

20 000 Arten. Und ihr Alter! Seit über 350 Millionen Jahren bevölkern sie den Erdball. Durch ihre Funktion bei der Bestäubung haben sie höheres pflanzliches und tierisches Leben ermöglicht. Ich bin sicher – sollten irgendwann einmal außerirdische Intelligenzen bei uns landen, wird ihnen die Erde als der Planet der Insekten und nicht der des Menschen erscheinen."

Er machte eine kleine Pause und läutete dem Butler; er solle uns vor dem Lunch noch eine Tasse Tee bringen. Dann fuhr er fort: „Den Insekten fehlt nur eins: Intelligenz! Intelligenz – und sie wären die Herren des Planeten. Seit 350 Millionen Jahren fast unverändert, optimale Anpassung an die Umweltbedingungen, Staatenbildung, Arbeitsteilung, ja Arbeit im weitesten sozialökonomischen Sinne, Haustierzucht, das alles finden Sie bei den Ameisen, Termiten, Bienen. Mich interessierten vor allem die Ameisen. Aber das wissen Sie ja.

Haben Sie jemals darüber nachgedacht, was 350 Millionen Jahre für eine Tierrasse bedeuten, gemessen an der kärglichen Zeit der Herrschaft des homo sapiens? Das beweist mir: die Existenzform der Insekten ist die beste, die vollkommenste, die es geben kann."

„Und doch", protestierte ich lächelnd, „sitzen sich hier zwei Cambridger Professoren und nicht zwei Ameisenköniginnen gegenüber, höchstentwickelte Säugetiere, Besitzer eines Großhirns und mit Lungen statt mit Tracheen ausgestattet . . ."

Er lächelte ebenfalls, aber sehr hintergründig. „Wer weiß? Wer weiß wirklich, was wir sind? Das größte Wunder bei den Insekten ist ja die Metamorphose, die Umwandlung von der Larve durch das Puppenstadium zur endgültigen Spezies, zur Imago. Diese restlose Auflösung des alten Seins in der Puppenhülle, das Zerfließen der gefräßigen Raupe in eine Urbrühe zukünftiger Existenz, das Zusammenfügen der Atome und Moleküle nach einem völlig neuen Code und Programm, von den bereits vorher vorhandenen Hormonen gesteuert . . . und dann schlüpft er ans Licht, der Falter, die Libelle, der Ameisensoldat. Wissen Sie, ich glaube, die Säugetiere haben entwicklungsgeschichtlich das Larvenstadium nie verlassen, nie das Puppenstadium und schon gar nicht die Imago erreicht."

Ich war sprachlos. Das war doch senile Phantasterei! Sir Archibald mußte mir meinen Unglauben wohl angesehen haben, denn er fuhr fort:

„Sehen Sie mich nicht so entgeistert an. Es gibt Anzeichen dafür, zum Beispiel bei Schlangen: Vertebraten, wenn auch keine Säuger, geschlossener Kreislauf, Bauplan wie wir alle", dabei lachte er und hüstelte dann ein wenig. „Und doch: die Schlangen häuten sich, einschließlich der Augen. Das ist so eine Art Teilmetamorphose, wie sie einige Insektenarten auch kennen. – Doch die vollständige, die totale Umwandlung nach vorher bestimmtem Plan, darauf kommt's mir an, Stanbury!"

„Was weiter?" fragte ich und spürte, daß meine Stimme etwas belegt klang.

Sir Archibald blickte mich durchdringend an. „Was meinen Sie, warum ich Ihnen das alles erzähle? Sie kennen mich doch, Sie wissen, wenn ich eine Idee habe, dann verfolge ich sie auch. Ich habe experimentiert . . ."

„Sie haben – was?" unterbrach ich ihn.

„Jawohl, junger Freund, ich habe. Was lag näher, als zum guten alten Hühnerei zu greifen? Nun, ich habe Hühnerembryonen in den verschiedensten Stadien mit den verschiedensten Metamorphosehormonen der unterschiedlichsten Insektenarten geimpft. Jahrelang, Tag für Tag. Ich bin zäh, jawohl, zäh, das wissen Sie. Mit Ameisenhormonen hatte ich schließlich Erfolg, und es ist mir gelungen, dem Hühnerembryo eine Metamorphose aufzuzwingen, ihn zu verwandeln, nachzuweisen, daß tatsächlich – ich wiederhole: tatsächlich – auch die Vertebraten im Stande sind, das ihnen von der Natur vorenthaltene höchste Stadium des organisierten Lebens, die Imago, zu erreichen."

„Und was ist dabei herausgekommen?" fragte ich mit be-

bender Stimme. Ein Schaudern überflog mich, gleichzeitig wurde mir heiß.

„Ich zeige Ihnen einige Bilder. Zunächst sind meine Geschöpfe eingegangen, aber einige der letzten Serie haben sich nunmehr über dreißig Jahre gehalten.“

Was ich auf den ersten Fotos sah, die er mir über den Empireteetisch reichte, wirkte zunächst nicht sensationell. Da lagen mehrere Kugeln, glatte Oberfläche, ohne erkennbare Struktur, Kartoffeln hätten nicht alltäglicher aussehen können. Ich gestehe, daß ich im ersten Moment enttäuscht gewesen bin.

„Diese Kugeln ... das hat sich aus den Hühnerembryonen entwickelt?“

„Jawohl, Kugeln. Die ideale Form, das müssen Sie zugeben. Alle behandelten Embryonen entwickelten sich zu dieser Kugelform. Aber jetzt zeige ich Ihnen einige Details.“

Die nächsten Bilder waren mir völlig unverständlich. Es waren offensichtlich mikroskopische Aufnahmen histologischer Art, die mir aber völlig sinnlos vorkamen. Da war ein Strukturelement, das ich als Neuron bezeichnet hätte, eine Nervenzelle mit Kern und langem Dendriten, dicht daneben aber der Querschnitt einer Muskelspindel, ein Lumen – vielleicht eine Arteriole – und da ein Stück quergestreifter Muskulatur, wie beim Herzmuskel.

„Das ist ja ein wahres Sammelsurium“, sagte ich. „Würde sagen, ein Ragout aus Hirn, Herz, Muskel und Gefäßen.“

Sir Archibald McCorney lachte das meckernde Lachen eines Achtzigjährigen, es schüttelte ihn vor Lachen, bis er husten mußte und der Butler besorgt ins Zimmer trat. Sir Archibald winkte ab: „Es ist nichts, Brown.“ Und dann zu mir, sich die Tränen abwischend: „Großartig, einfach großartig: Ragout aus Hirn, Herz, Muskel und Gefäßen! Und was ist der Mensch, was sind die einzelnen Organe unseres so geschätzten Körpers anderes als ein solches Ragout? Auf die Zubereitung kommt es an, junger Freund!“

Er nahm mir die Bilder aus der Hand und begann zu erklären: Es handelte sich tatsächlich um Gehirnzellen, umlagert von Gefäßen und glatter willkürlicher Muskulatur, und die Gefäße waren von unwillkürlicher quergestreifter Herzmuskulatur wie von Manschetten umschlossen.

„Sehen Sie, das ist ein viel ökonomischerer Bauplan, als wir ihn in unserem derzeitigen Larvenstadium haben! Eine Vielzahl absolut gleicher Elemente, jedes kann jedes ersetzen, jedes kann einzeln, in Gruppen oder als Ganzes funktionieren, das Blut wird von Zelle zu Zelle gepumpt, der Stoffwechsel vollzieht sich unmittelbar ohne solche komplizierten altmodischen Dinge wie Leber und Niere. Sehen Sie genau hin: In jedem solchen Funktionsareal, ich habe es ‚Vit' genannt, ist auch eine Sinneszelle für Lichteindrücke, entweder ein Stäbchen oder ein Zapfen der Augenhintergrundhaut Retina vorhanden. Lediglich hören im herkömmlichen akustischen Sinne kann ein solches Wesen nicht, auch keine Töne ausstoßen. Aber das ist völlig unnötig. Jede Zelle kann denken, denken! Und das biologische Verhalten ist optimal. Zur Ernährung brauchen meine Geschöpfe nur Nährlösung, schon Regenwasser genügt, osmotisch durch die Haut aufgefangen."

„Und der Zweck eines solchen ... Geschöpfes?"

„Der Zweck?" Sir Archibald rieb sich die lange Nase. „Zweck gleich Leben, würde ich sagen. Organisiertes Leben. Allerdings keine Vermehrung. Zur Imago können wir Nicht-Insekten nicht durch die Natur gelangen, das ist unmöglich. Aber der menschliche Geist vermag die Natur zu zwingen, diese höchste Form anzunehmen. Wie ich glaube, eine beinahe unsterbliche Form, denken Sie an die 350 Millionen Jahre!"

„Also haben Sie nur experimentiert, um die Möglichkeiten des menschlichen Geistes zu beweisen?"

„Der menschliche Geist – auch so ein alter Aberglaube ... Natürlich sind die Wesen, die ich Ihnen bisher gezeigt habe, Tiere, folgen nur ihren Instinkten. Aber stellen Sie sich ein Geschöpf vor, aus Tausenden meiner ‚Vits' zusammengesetzt, und jede dieser Lebenseinheiten hätte Bewußtsein, hätte die Fähigkeit zu denken, zu fühlen, zu planen?"

„Unmöglich!" rief ich entsetzt aus. „Das kann es nicht geben, niemals! Mensch und Insekt trennt eine Welt, Sie sagten es selbst! 350 Millionen Jahre gegen unsere lächerliche Zeit auf der Erde!"

Er lächelte stärker und immer stärker. War er verrückt geworden? Mich beschlich Furcht, als er aufstand und mich an der Hand nahm. „Folgen Sie mir, ich werde Ihnen etwas zeigen . . ."

Er führte mich durch mehrere Zimmer und Laborräume, dann eine Treppe hinunter in einen fensterlosen Raum, der sehr kühl und nur schwach erhellt war. Sein einziger Inhalt war dort in der Ecke auf eine Art quadratischer Couch eine Kugel. Wie ein riesiger Medizinball wirkte sie auf mich beim ersten Blick.

„Mein Sohn", sagte Sir Archibald.

Ich mußte mit der Hand nach der Wand greifen. Mir war schwindlig geworden, Übelkeit schnürte mir die Kehle zu, mich umkreisten leuchtend rote und grellgelbe Sterne.

„Nehmen Sie." Wie durch dichten Nebel hörte ich die Stimme Sir Archibalds. Er stülpte mir eine Art Schutzhelm über, auch er setzte einen auf. Die grellen Sterne verschwanden.

„Er schläft jetzt." Sir Archibalds Stimme klang völlig ruhig. „Wir können sprechen, hören kann er uns nicht. Der Kopfschutz hemmt unsere Gehirnströme, die ihn wecken könnten, und schützt unser Gehirn vor seinen starken Wellen."

Ich hatte immer noch butterweiche Knie. Sir Archibald faßte mich am Arm und sagte: „Aber warum sind Sie denn so blaß geworden, lieber junger Freund? Ich bin besessen von meiner Aufgabe, das wissen Sie doch. Daher habe ich mich schon vor zwanzig Jahren entschlossen, mit mir selbst zu experimentieren. Man stellte mir frische Ovarien aus den verschiedensten Kliniken zur Verfügung, und ich pflanzte meinen

Samen ein, zog zwölf Embryonen groß, die zunächst immer wieder abstarben – bis es gelang: jetzt ist er achtzehn Jahre alt, mein Sohn. Sie verstehen: ich nenne ihn Sohn, er ist natürlich ungeschlechtlich. Darf ich vorstellen – Sir Imago McCorney ...“

Wenn die Situation nicht so gespenstisch gewesen wäre, hätte ich bei diesem Pathos loslachen müssen. Sir Imago ...

Entsetzlich, was dieser alte Mann da getan hatte! Was hatte er da erzeugt, nicht Mensch, nicht Tier, einen Klumpen belebter Zellen, die reagierten, osmotisch Nährstoffe aufnahmen, eine makabre Kreatur ... Und vor allem – warum?

Als ob er meine Gedanken lesen könnte, fuhr er fort: „Mein Sohn ist unermeßlich höher entwickelt als Sie und ich. Er ist vernunftbegabt, er lernt, er bewegt sich zielstrebig, kann wie eine Amöbe Arme ausstrecken, aber nicht nur zwei, nein, unzählige, so viele, wie er will. Er kann sich aber auch in eine Gestalt mit zwei Beinen und zwei Armen zwingen, ein Gesicht mit Nase und Augen bilden, wenn er es will. Und mehr noch – er ist unsterblich, er wird einst der Herr der Erde sein ...“

„Und warum, warum?“ schrie ich. „Warum wollen Sie das? Warum Ihr Testament? Sollen wir ihn bewachen, oder soll er über uns herrschen?“

Er zuckte die Schultern. „Er hat von mir verlangt, mehr Imagos zu zeugen, aber ich alter Mann kann das nicht mehr. Ihm schwebt vor, daß sich bei Zusammenballung von mehreren seinesgleichen die geistigen Kräfte vervielfachen würden. Alle Rätsel des Seins könnten gelöst werden, alle! Imagos könnten in Raumschiffen zu anderen Sternensystemen reisen, nur in einer Nährlösung liegend, und dort neue Welten erforschen und erobern. Sie könnten ...“

Er unterbrach sich. Von der Kugel ging ein schwachblaues Leuchten aus, ihre Oberfläche schien zu beben.

„Er erwacht“, flüsterte Sir Archibald. „Behalten Sie Ihren Kopfschutz auf, ich will mit ihm sprechen.“

Er nahm den Schutzhelm ab. Seine Lippen bewegten sich nicht, kein Ton hallte im nackten, halbdunklen Raum. Doch die Kugel veränderte träge ihre Gestalt, eine Art Krakenarm wand sich heraus; von blauen Funken umsprüht, streckte er sich Sir Archibald entgegen.

Ich ertrug die Spannung nicht mehr, mir lief der Schweiß in Strömen über das Gesicht und in die Augen. Mechanisch griff meine rechte Hand zum Kopfschutz ... ich nahm ihn ab ...

Es war, als ob ich rasend in einem Riesenkarussell umhergeschleudert würde. Und dann hörte – nein, fühlte ich Gedanken, fremde Gedanken, die von meinem Hirn Besitz ergriffen. Und ich verstand, was Imago dachte und wollte.

Ungeheuerliches plante Sir Imago ... Nicht mehr lange dürfe er gefangengehalten werden. Er, der Höchste, der Herrscher der Welt, wolle endlich vor die Menschen treten, sie sich untertan machen, sie zwingen, ein Geschlecht von Imagos zu schaffen, auf daß sie über den Planeten herrschten und andere Sterne besiedelten als die Herren des Kosmos.

Irgendwie brachte ich es fertig, den Kopfschutz wieder aufzusetzen und einen Gedanken zu fassen. Zuerst dachte ich nur an Flucht. Fort, schnell fort von diesem grauenhaften Ort, dieser lichterfunkelnden bebenden Kugel! Doch dann spürte ich mit einemmal die Kühle des Laser-Werfers an meinem Oberschenkel ... Ein Schrei ließ mich zusammenzucken. Fast genüßlich, so schien es mir, hatte die lebende Kugel ihren Krakenarm dem angstverzerrten Gesicht Sir Archibalds genähert, schon sah ich blaue Funken übersprühen – da riß ich den Werfer aus der Tasche drückte auf den Auslöser ...

Es zischte wie eine Schweißflamme. Die Kugel blähte sich auf wie Teig, Kaskaden elektrischer Funken flogen durch den Raum, Sir Archibald stürzte zu Boden, wie betäubt strich ich immer und immer wieder mit dem stahlblauen Strahl des Lasers über diese graue, wabernde Masse, bis sie teerig auseinanderfloß und nichts als der scheußliche Geruch verbrannten Fleisches im Raum stand.

Wie ich mit dem Alten wieder nach oben gekommen bin, kann ich nicht sagen. Ich weiß nur noch, daß der Butler, kalkweiß im Gesicht, uns beiden unter die Arme griff und uns in zwei Sessel setzte. Dann kam eine Hand mit einem großen Glas Whisky auf mich zu, mehr weiß ich nicht . . . bis dann, ja, bis plötzlich die entspannende Stille von der schrillen Greisenstimme durchschnitten wurde, die geiferte:

„Er hat meinen Sohn getötet! Er hat meinen Sohn getötet! Er ist ein Mörder, er hat Sir Imago McCorney getötet!"

Mir war alles gleich. Ich hielt mir die Ohren zu und trank den Whisky in einem Schluck. Nicht einmal aufstehen und fortgehen wollte ich, nur hier im Sessel sitzen und nichts mehr sehen und fühlen und wissen von dieser grauenerregenden lebenden Kugel dort unten.

Willig folgte ich dem Sergeanten, der mich abführte. Den Rest kennt die Welt.

Ich muß freigesprochen werden, denn ich habe keinen Menschen getötet, sondern ein Monster, einen Alptraum. Ich bin überzeugt, die ehrwürdige Universität Cambridge davor bewahrt zu haben, von diesem Unwesen gezwungen zu werden, Scheußlichkeiten zu begehen, die sich kein Mensch gegenwärtig ausdenken kann.

Bedeutet meine Tat eine Absage an kühne Experimente, gar ein Bekenntnis zur Natur als Unangreifbarem? Nein, das darf man mir nicht unterstellen! Welch Segen, früher unheilbare Erbkrankheiten durch Korrektur der Druckfehler in der Gen-Information heilen zu können! Wieviele unerschlossene Möglichkeiten liegen allein hier noch vor uns. Aber alles muß im Dienste an der Menschheit geschehen, nicht im Machtrausch eines allmächtigen Monsters. Das nicht, unter keinen Umständen . . .

‚Woher wollen Sie das wissen!' werden meine Ankläger sagen. ‚Vielleicht haben Sie in Ihrer Angst vor dem Unbekannten die Menschheit um Jahrhunderte zurückgeworfen? Vielleicht war Sir Imago kein Monster, sondern der Messias?‘

Ich kann nur wiederholen: Wer das gefühlt hat, was mein Gehirn durchraste, als ich den Kopfschutz abnahm, was an Bösem, Feindlichem, Grausamem auf mich einströmte – der hätte wie ich gehandelt. Das war so ungeheuerlich, so würgend, so infernalisch, daß ich zum Laser-Werfer greifen *mußte.*

Wenn die Königliche Gesellschaft meine Niederschrift veröffentlicht, wird jedermann begreifen. Auch die Geschworenen ...

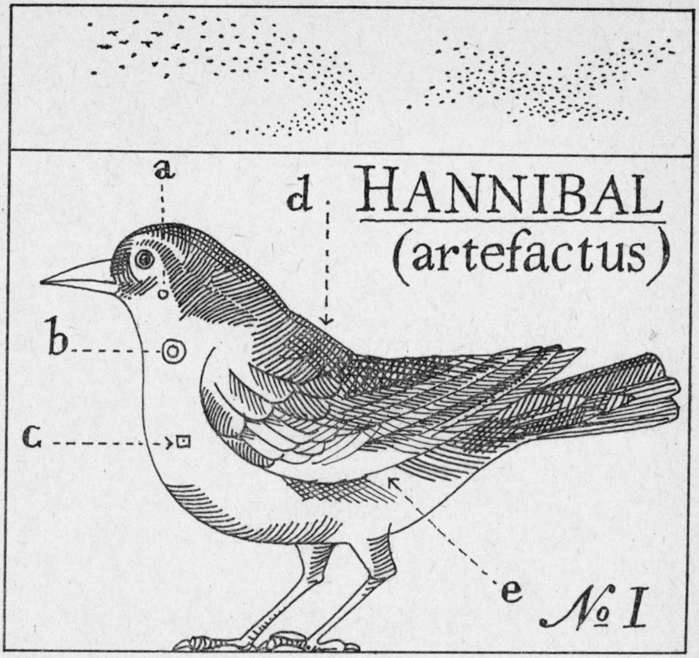

Der Superstar

Der Superstar war kein Schlagersänger, Filmschauspieler oder Fußballnationalkapitän, der SUPERSTAR war wirklich ein Starmatz mit Federn, einem spitzen Schnabel, schillernden Farben auf Flügeln und Brust wie bei einem alten abgewetzten Frack und komisch trippelndem Gang, halb gravitätisch, halb wie ein betrunkener Landstreicher. Und wenn er sang, dann blähte sich sein Kehlchen, hüpfte auf und nieder, daß sich die kleinen Federchen vor Freude sträubten, so trillerte und pfiff er mit seinen Artgenossen um die Wette.

Artgenossen? Der Superstar hatte einen Namen: Hannibal artefactus – Hannibal der Künstliche ... Hannibal, weil er wie sein großer Namensbruder die Alpen überqueren sollte; wenn auch nicht mit Streitelefanten, sondern lediglich inmitten eines ganz gewöhnlichen Starenschwarms. Und artefactus, weil sein Flügelpaar nicht von streichholzdünnen Muskeln angetrieben, sein Körper nicht von einem kleinfingerkuppengroßen Herzen mit Blut bis in die Schnabelspitzen versorgt wurde, sondern weil ein winziger Plutoniummotor sein Herz, Kristallspeicher sein Gehirn und elastische Stahlfedern seine Muskeln waren. Der Lautsprecher seiner Kehle hatte einen Durchmesser von drei Stecknadelköpfen; das Tonband, das ihn trillern und pfeifen ließ, war dünn wie ein Nylonfädchen. Kurzum, ein Superstar der Miniaturisierung, ein fliegender, hüpfender, pickender, quinquillierender Automat in Vogelgestalt.

Halt! Warum, wenn schon künstlicher Vogel, die Mühe mit der Kleinhaltung der Teile? Ein Schwan, ja selbst eine Wildgans, ohne gar an Kondor oder Albatros zu denken, hätte doch bedeutend weniger subtile Teile gefordert und folglich bessere technische Lösungen ergeben als gerade so ein kleiner Starmatz?

Doch es ging nicht um einen künstlichen Vogel schlechthin, sonst hätte wahrhaftig eine Gans weniger Mühe bei der Konstruktion erfordert, es ging um einen künstlichen Zugvogel ... Wieso, sind Wildgans und Schwan keine Zugvögel? Gewiß. Aber es ging um einen Zugvogel im großen Schwarm, nicht im Kettenflug von Wildgans und Schwan, Ente und Storch.

Der Vogelschwarm: diese Tausende einzelner Individuen, die sich wie ein einziges Wesen erheben, als Wolke davonbrausen; einmal geballt wie die Faust eines Riesen, einmal langgezogen wie ein zigarrenförmiges Luftschiff, dann einen Wirbel schlagend, um auf irgend einen Acker, einen Wald, eine Wiese einzufallen ...

Man kannte die Vogelzüge seit langem. Man hatte Vogelwarten errichtet, die registrierten, beobachteten. Man hatte Vogelzüge mit Hubschraubern verfolgt, die Flugrouten mit den Magnetfeldlinien der Erde verglichen. Es wurden Leitgänse oder -gänseriche entdeckt, man hatte bemerkt, daß die Störche die Schwächeren in die Mitte nehmen. Aber einen Leitstar, eine Leitschwalbe – die kannte man nicht.

Das Problem der Ornithologen war die Erforschung des Phänomens, wie tausend und weit mehr Individuen sich einem kollektiven Instinkt oder Willen unterordnen, wie diese wabernde Vogelwolke plötzlich mehr ist als nur die arithmetische Summe von beispielsweise 1023 Staren oder Schwalben. Als Spion sozusagen sollte Hannibal artefactus dienen, ausgerüstet mit allem, was Kybernetik, Elektronik, Bionik und Verhaltensforschung aufzubieten hatten, ein kompletter Normstar mit Speicherkristallen, die Informationen telemetrisch abrufbereit, ein ferngesteuerter Star, jederzeit auf Signal zwingbar, in die Hand, die ihn erschaffen hat, zurückzukehren, angereichert mit wertvollstem Wissen über das Phänomen Zugvogelschwärme.

Hannibal wurde ein letztes Mal getestet: das Tonband lief einwandfrei, Hüpfen, Start, Landung – alles exquisit. Die Plutoniumbatterie hätte vier Jahre gereicht, du meine Güte, so lange war ja gar nicht vorgesehen! Jetzt, Anfang September, sollte Hannibal ins Versuchsgelände gestartet und dann ab und zu zurückbeordert werden, um die Speicherkristalle auszutauschen und die optischen und elektronischen Eindrücke zu verarbeiten. Anschließend sollte er mit auf den großen Flug gehen und alle fünfzig Kilometer einen telemetrischen Informpiep aussenden.

Befriedigt sahen sich die Ornithologen den Film an, der vom letzten Test gedreht worden war. Ihr Superstar unterschied sich in nichts von seinen natürlichen Brüdern, das bewiesen die parallel dazu vorgeführten Aufnahmen der Außenbeobachtungsstation.

„Und nun wollen wir uns nochmals gemeinsam eine solche Starenwolke ansehen. Hannibal auch. Schalten Sie seinen optischen Rezeptor ein“, sagte der Forschungsleiter, ein sehr berühmter Professor mit zwei Nationalpreisen. Sein Oberassistent nickte, und es war interessant, wie Hannibal auf der linken Schulter des Professors saß, den Kopf etwas schief geneigt, und genau so gebannt auf die Leinwand blickte wie seine Schöpfer. Es war auch wirklich ein faszinierendes Bild, diese schwarze, einmal stahlblau, dann wieder grünlich schillernde Wolke aus Tausenden von auf- und abschwirrenden Vogelleibern. Zeitlupe und Telekamera zeigten deutlich: Niemals berührten oder behinderten sich die Vögel, sie tauchten untereinander hindurch, stiegen hinauf, ließen sich fallen, wendeten wie auf einheitliches Kommando. Die Wolke sah aus wie die Zunge eines urzeitlichen Drachens: einmal spitz und lang züngelnd, dann wieder eingerollt.

„Das ist das Rätsel“, meinte der Professor, „das uns Hannibal lösen wird. Aber ist es nicht doch irgendwie unheimlich, dieses harmonische Bewegen ohne erkennbares Zentrum, dieses Aufgehen des einzelnen Tieres im Schwarm, anscheinend völlig anderen Gesetzen folgend, als wenn die Herren Stare in einer Ackerfurche hinter einem Traktor einherwackeln? Wo ist das Willenszentrum dieses Tausenderkollektivs?“

„Kennen Sie Stanislaw Lems ‚Unbesiegbaren‘?“ fragte der Oberassistent seinen Chef.

Der stutzte. „Wieso Lem? Hier gibt’s keine science fiction wie in seinen Büchern, hier wird exakt naturwissenschaftlich geforscht!“ War der Alte gekränkt?

„Im ‚Unbesiegbaren‘ beschäftigt sich Lem doch ebenfalls mit dem Phänomen des Kollektivbewußtseins einzelner, anscheinend toter Teilchen. Seine fliegenden Metalldreiecke, diese Roboter, die Gehirnengramme der Besatzung ... So ähnlich wie den Starenflug habe ich mir das immer vorgestellt. In Polen gibt’s auch viele Stare, vielleicht ist Lem davon inspiriert worden ...“

„Na, aber unsere Stare sind erstens lebendig, das waren Lems Dreiecksfliegen bekanntlich nicht, und zweitens ..." Der Professor stockte, ein Zweites wollte ihm nicht einfallen. „Wir werden ja sehen. Uns interessieren Tatsachen, keine Phantasien. Morgen starten wir Hannibal zum ersten Testflug im Gelände."

Es war ein großer Acker, von Gesträuch und Obstbäumen umstanden. Die braune, gepflügte riesige Fläche war seit Jahren ein Lieblingsplatz der Stare. Hier sammelten sich meist Tausende zum Abflug nach dem wärmeren Süden. Es ist ja nicht so, daß alle Stare wegfliegen, auch hier zeigen sich Verhaltensänderungen wie bei anderen Vögeln. Vor allem in der Nähe der Städte überwintert stets eine stattliche Anzahl. Auch gibt es extrem milde Winter, in denen kaum ein Starenflug zum Mittelmeer stattfindet. Das alles ist bereits dem alten Tiervater Brehm bekannt gewesen. Doch der heurige Herbst versprach große Starenzüge. Die Meteorologen hatten einen frühen und strengen Winter vorhergesagt, und das schien sich zu bewahrheiten, denn jetzt schon pfiff der Wind recht frisch. Die Ornithologen in ihrer Laubhütte froren nicht schlecht.

Bisher war alles gutgegangen. Hannibal war aufs Feld geflogen, war herumgetrippelt, hatte gepickt, war mit einigen anderen Artgenossen aufgeflogen, in die Apfelbäume eingefallen, dann wieder eine Runde übers nahe Dorf, er benahm sich völlig starisch – oder wäre starhaft hier das bessere Wort?

Seinen Mitstaren schien es nicht aufzufallen, daß Hannibal dreimal täglich eine kleine Extratour flog, hinüber ins Gehölz, wo er bereits erwartet wurde. Seinem Köpfchen entnahm man unter der Lupe mit feinsten Pinzetten die Speicherkristalle und setzte neue ein, die verbrauchte Energie der Plutoniumbatterie wurde gemessen und Hannibal startklar gemacht zu weiterem Treiben unter seinesgleichen. Der Abflug zur Beobachtungsstation erfolgte prompt auf das Funkkommando, auch konnte Hannibal aus einer fliegenden Schar herausgepeilt werden, und beim Abdrehen oder Ändern seiner Flugrichtung befolgte er exakt die Funksignale.

Nach einigen Tagen stellten sich mehr und immer mehr Stare ein, alles deutete auf Abflugvorbereitungen. Hannibal kehrte nach wie vor dreimal täglich im Gehölz ein, aber je mehr Stare versammelt waren, kleine Wolken bildeten und Streckentraining – so sah es wenigstens aus – absolvierten, desto öfter und intensiver mußten die Forscher ihr Abrufkommando senden, ehe der gefiederte Meisterspion aus der Schar ausbrach. Als ob die große Zahl der Stare eine Abschirmung erzeugen würde ... Auch ergaben die Speicherkristalle seltsam neuartige Aufzeichnungen. Neben den unzähligen Einzelimpulsen, den Mikrowellen der individuellen kleinen Starengehirne, zeigten sich weitgeschwungene, übergreifende Wellen. Wie die Überlagerung der Peilstörung eines fremden Senders! Das alles beunruhigte die Beobachter.

„Was, wenn er so mitgerissen wird, daß er auf Ruf nicht mehr kommt und nicht alle 50 Kilometer sein Signal sendet?" fragte ein physikalisch nicht ganz sattelfester Ornithologe besorgt.

„Ach was, mitgerissen! Er ist doch ein Automat. Er kommt." Das war die Antwort des Chefs. „Übrigens sieht es ganz so aus, als ob sie sich zu einem weiten Testflug versammeln würden, und um Sie zu beruhigen, werden wir Hannibal befehlen, nicht mit aufzufliegen."

Gesagt, getan. Die schwarzschillernde Wolke begann sich zu erheben, erst drei, vier kleinere Schwärme, dann aber zog sich der gesamte Schwarm wie ein langgestrecktes schwarzes Gummiband, das beim Loslassen zurückschnellt, in den Himmel. Es brauste in der Luft von tausendfältigem Flügelschlag, und der Assistent des Professors rief plötzlich verzweifelt: „Das ist ja gar kein Testflug, sie fliegen tatsächlich schon ab!

Und ausgerechnet jetzt haben wir Hannibal befohlen, sitzen zu bleiben . . ."

„Dann schicken wir ihn nach", meinte der Chef resolut. „Sofort Hubschrauber los, beobachten, wo sie zur Nacht einfallen. Dann mit Hanni hinterdrein, und er schließt sich der Reise an. Klar?"

Klar. Aber erst Hannibal finden! Auf das Kommando: Zurück zur Station! kam er nicht. Also mußte man ihn auf dem Riesenfeld suchen. Vielleicht war im Schwarmflug ein Stahlfedermuskel gebrochen, oder durch das Flattern hatte sich ein Wackelkontakt ergeben? Also Suchtruppe los, weil Hannibal nicht ante portas war . . .

Es dauerte eine ganze Weile, ehe es von weither ertönte: „Hierher, ich hab ihn! Aber er versucht abzuhauen . . . hüpft nur, kann nicht mehr fliegen!"

„Geben Sie doch Funkkommando, schalten Sie ihn ab!"

Doch Hannibal hüpfte energisch immer wieder davon, versuchte auch zu starten. Aber der linke Flügel hing leblos herab.

„Feder ausgeleiert", meinte der Oberassistent. Die ganze Gruppe kreiste ihren Superstar ein, und der Chef griff als erster triumphierend zu, ließ Hannibal aber sofort wieder los.

„Aua, der Kerl zwickt mich ganz unverschämt in den Finger! Hat allerhand Kraft. Da muß was durchgeschmort sein, dafür gibt's bei ihm gar kein Programm: Fingerhacken und so was!"

„Das ist ja gar nicht Hannibal, das ist ein echter Star mit gebrochenem Flügel!" Vorsichtig hielt der Oberassistent den Vogel, der mit geöffnetem Schnabel erschöpft dasaß, zwischen den Händen. „Sein Herz klopft zum Zerspringen. Nein, nie und nimmer ist das unser Hannibal artefactus! Das ist ein sturnus vulgaris masculinus, ein Starenmännchen, wie es im Brehm steht!"

Enttäuscht zogen die Ornithologen wieder in ihr Institut

ein. Der falsche Hannibal – jetzt kennt die Geschichte auch einen falschen Hannibal, nicht nur einen falschen Nero, witzelte der Oberassistent – hatte sich rasch erholt, der gebrochene Flügel war verheilt, und er hüpfte und flatterte im Institut herum, auch bald das eine und andere Wort aufschnappend und nachplappernd, ein richtiger Spaßvogel.

Aber der echte Hannibal – was war in den gefahren? Wie konnte ein Automat den Befehl verweigern, wie konnte er im Schwarm mitfliegen, was hatte ihn dazu veranlaßt?

Immer wieder ließ der Professor die Speicherkristalle untersuchen, besonders die letzten. Diese merkwürdigen Störwellen ... Man kam und kam nicht weiter. Und die Hoffnung, bei der Rückkehr der Stare Hannibal herauszufinden, war sehr gering. Sicherlich kehren Stare im allgemeinen in ihr Gebiet zurück, aber erstens muß das durchaus nicht so sein, und zweitens war der Kunstvogel vielleicht längst von einem sizilianischen Vogelfänger als unbrauchbar für die Bratpfanne auf den Müll geworfen worden ...

Auf Empfehlung der IOA, der International Ornithological Association, wurden an alle Mitgliederorganisationen der in Frage kommenden Länder Beschreibungen von Hannibal artefactus versandt, auch der Funkcode. Letzteres war wenig aussichtsreich, denn Funkamateure beschäftigen sich kaum mit Telemetrie, Vogelforscher schon gar nicht. Doch gab es ein paar Satellitenbeobachtungsstationen, die eventuell den „Piep“ von Hannibal registriert haben könnten.

Die erste Meldung kam von der Schulsternwarte Rodewisch, die seit Jahren Satellitenbeobachtung betrieb und auch telemetrisch arbeitete. Auf dem Tonband fand sich eindeutig Hannibals Piep, abgegeben genau 50 Kilometer vom Abflugort entfernt. Immerhin ein Lichtschimmer, doch machte er die Sache noch rätselhafter: dem Funkkommando „Hierbleiben“ hatte Hannibal nicht Folge geleistet, das Programm, nach je 50 Kilometern zu piepsen, aber offenbar eingehalten. Und keiner konnte sagen, warum.

Endlich kamen ein Brief und ein Päckchen aus Livorno. Im Päckchen rappelte es lautstark, doch fehlten die Luftlöcher und der Stempel „Lebende Tiere". Jedem war klar: der Rappler war Hannibal artefactus! Der Begleitbrief bestätigte: eingefangen bei einer Beringungsaktion der Vogelwarte Livorno. Dabei habe er sich so untypisch benommen – fürs Einfangen und Beringen war er ja auch nicht programmiert –, daß den dortigen Kollegen sofort der Verdacht kam, der sorglos unter den aufgescheucht umherflatternden Vögeln einherspazierende, quarrende und pickende Starmatz müsse der Gesuchte sein.

Das Päckchen wurde im Allerheiligsten, dem Chefzimmer, auf den großen Experimentiertisch gestellt. Man lief nach einem Handfunkgerät, um Hannibal abzustellen, und der wohl auf Rundgang befindliche Professor wurde durch Hausruf informiert. Plötzlich flatterte Hannibal Zwo ins Zimmer, näherte sich neugierig dem Päckchen und schnattelte mit schnalzender Zunge zum Oberassistenten: „Laausse-juunge, hab ich rrecht?" Das hatten sie ihm beigebracht, und es wirkte gerade jetzt urkomisch, weil der „Lausejunge" mit vor Anstrengung hochrotem Kopf an den italienischen Schnüren zerrte, um den wertvollen Reisenden aus seinem Pappgefängnis zu befreien.

Hannibal artefactus rappelte immer noch, weder Professor noch Funkgerät waren in Sicht. Die Schar der Assistenten wurde immer ungeduldiger . . .

„Ich mache trotzdem schon mal auf!" – und zu aller Freude flog Hannibal ans Licht! Die Federn waren ein wenig zerzaust, aber sonst machte er einen völlig intakten Eindruck.

Doch kaum war er eine halbe Runde geflogen, als sich sturnus vulgaris masculinus aufplusterte, böse quackelte, ausgesprochene Imponierhaltung annahm und den künstlichen Artgenossen attackierte. Was hatte der Fremdling hier zu suchen? Das ist mein Revier, raus mit dem Frechling, wollen doch mal sehen, wer der Stärkere ist!

Für eine solche Situation war Hannibal programmiert. Um im Schwarm nicht aufzufallen, hatte er stets den Verlierer zu spielen, und so saß er ganz klein und bescheiden auf dem Experimentiertisch, schnalzte kleinlaut und überließ dem natürlichen Kollegen das Kampffeld.

Das löste ungeheure Heiterkeit unter den Anwesenden aus. „Also ist Hanni so echt, daß sturnus ihn für voll nimmt", triumphierte der Oberassistent. Mittlerweile war der Kollege mit dem Funkgerät endlich eingetroffen, und Hannibal artefactus reagierte sofort auf das gegebene Kommando: seine Plutoniumbatterie schaltete sich aus. Nur vom Chef war immer noch nichts zu sehen.

„Also nehme ich mal die Speicherkristalle aus Hannibals Kopf", sagte der Programmierer. Der Oberassistent nickte. Kaum aber hatte man Hannibals Köpfchen aufgeklappt und die neun winzigen Kristallkörnchen mit Pinzette und Lupe entfernt, als sich sturnus vulgaris auf den Tisch stürzte, wo die Kristalle lagen. Und ehe einer der entsetzten Männer zugreifen konnte, hatte er sie in Windeseile aufgepickt ...

„Himmelherrgottsoeinesauerei!" fluchte der Oberassistent. „Die Kristalle sind futsch!"

„Quatsch! Erst mal die Tür zu, und dann her mit dem Biest, den Hals umgedreht und raus mit dem Raub!"

Die Tür schließen – das war einfach. Den wild umherflatternden Star zu erwischen, weit weniger ... Da, der Oberassistent hatte ihn endlich ... Plötzlich ertönte eine laute Stimme: „Herrschaften, was ist denn hier los, bin ich in einem Irrenhaus?" Der Chef ...

Der Oberassistent erschrak so, daß er seinen Griff um Hannibal Zwo lockerte. Der hackte mit dem Schnabel, kratzte mit den Krallen, kam frei, schoß unter Ausstoßen seines Schlachtrufes „Laausse-junge" haarscharf am Kopf des Professors wie ein schwarzer Pfeil in den Flur, durchs offene Fenster – und weg!

Alle standen sprachlos, bis auf den Professor, der seine

Mitarbeiter andonnerte. Endlich wagte der Oberassistent kleinlaut zu berichten, was vorgefallen war. „Und nun fliegen die Ergebnisse unserer langen Arbeit im Magen von sturnus vulgaris weißgottwohin . . . Ich könnte mich ohrfeigen!"

„Erst mal alle hinsetzen", besänftigte der Professor die Aufgeregten. „Das Experiment ist trotzdem gelungen. Was wir wissen wollten, wissen wir nun. Ich bin vorhin aus Livorno angerufen worden, als ich im Hause unterwegs war, daher meine Verspätung. Unsere italienischen Kollegen haben mir hochinteressante Dinge erzählt. Wir wollten doch wissen, warum sich in so einer riesigen Vogelwolke das individuelle Verhalten der Tiere scheinbar einem anonymen kollektiven Willen unterordnet, nicht wahr?" Alle hatten sich wieder gefaßt und nickten zustimmend. „Nun, und gerade darauf haben wir eine gültige Antwort erhalten. Schon die letzten Kurven vor dem Abflug zeigten doch diese hohen Überlagerungen, erinnern Sie sich? Das war nichts anderes als die Summe der Einzelinstinkte aller Vögel, die sich zur selbständigen Trägerfrequenz entwickelte und die Ausstrahlung der individuellen motorischen Handlungszentren überlagerte. In jedem Vogelköpfchen war der Flug nach Süden programmiert. Je näher der Abflug rückte, hormonal ausgelöst und durch Außentemperatur und Sonnenstand gesteuert, desto mehr wurde dieser Reiz zum kollektiven Leitmotiv aller, verstärkte sich durch Integrationsschaltung und schaukelte sich unter Überwindung der Luftisolation zwischen den Tieren wie ein Kondensator vor der Entladung auf. Dazu brauchte es keinen direkten körperlichen Kontakt der Vögel untereinander."

Der Professor machte eine kleine Pause, lächelte, zog einen Zettel aus der Seitentasche seines weißen Kittels und begann vorzulesen: „Ballte sich eine bestimmte Menge von ‚Insekten' zusammen, so wies das Aggregat zahlreiche Gesetzmäßigkeiten auf. Wenn es durch äußere Reize ‚aufgestachelt' wurde, dann konnte es seine Bewegungsrichtung, seine Form und Gestalt und die Häufigkeit der inneren Impulse ändern, und nach dieser Änderung kehrten sich die Vorzeichen des Feldes um, so daß sich die Metallkristalle nicht mehr anzogen, sondern trennten und einem individuellen Zerfall unterlagen . . .“

„Lem, Stanislaw Lem – aus dem ‚Unbesiegbaren‘, stimmt's?“ rief der Oberassistent.

„Stimmt“, nickte der Professor. „Wie Sie sehen, habe ich Ihren Rat beherzigt, bin also durchaus für Anregungen von Mitarbeitern zugänglich, nicht, wie manche Besserwisser behaupten . . .“ Er machte eine wegwischende Handbewegung. „Ich meine, die Tatsache, daß Hannibal damals trotz unseres Kommandos mitgeflogen ist, ist entscheidend. Sogar auf sein künstlich geschaffenes Zentralsystem hatte die Integrationswelle einen größeren Einfluß als das von uns eingegebene Programm. Summationseffekt einzelner gleichartiger Reizimpulse. Hat übrigens schon der alte Pawlow untersucht. Manchmal vergißt man, daß es früher auch schon schlaue Leute gegeben hat.

Ich glaube fast, die Technik, einen Hannibal artefactus zu schaffen, reizte uns mehr, als das Phänomen als solches an Hand bereits vorhandener Erkenntnisse zu erforschen. Natürlich wäre es gut, jetzt Hannibals Kristalle auswerten zu können, aber was soll man machen . . .“

Allgemeines Aufatmen der Mitarbeiter.

Der Chef war schon beim Gehen, als er sich noch einmal umdrehte. „Wer war eigentlich für die Fütterung von sturnus vulgaris verantwortlich?“

„Ich“, erwiderte der Oberassistent.

„Und wie lange hatten wir den Vogel hier im Labor?“

„Genau zehn Wochen, Genosse Professor.“

„Und wann hat er das letzte Mal Sand bekommen?“

„Sa – and?“ Der Oberassistent kam ins Stottern.

„Ja, Sand! Den braucht er nämlich. Alle paar Tage will er ein paar Körnchen picken, das ist gut für seine Verdauung. Sie haben ihn zehn Wochen lang den Sand vorenthalten, und keinem von uns ist das aufgefallen. Kein Wunder, daß er sich auf die Kristalle gestürzt hat. Was sind wir doch allesamt für prächtige Ornithologen! Keinen Sand . . ."

Die Türe knallte hinter dem Chef zu, und allen schien es, als ob aus dem fernen Park ein Schnarren herübertöne:

„Laausse-junge, hab ich rrrrecht?"

Die alte Heimat

Der greise Kosmologe Torben wiederholte mit brüchiger Stimme: „Wir müssen endlich Gewißheit darüber gewinnen, ob die Zurückgebliebenen sich retten und fortpflanzen konnten oder ob die Menschheit auf dem Planeten Erde untergegangen ist. Wir müssen ergründen, wie sich NULL auf das Leben ausgewirkt hat, denn wer weiß, ob nicht dereinst unseren Nachkommen hier Ähnliches droht. Da wir den Tatschewski-Effekt nun endlich praktisch nutzen können, fordere ich abermals den bemannten Flug zur Erde!"

Schon oft hatten die Akademiemitglieder ihren Alterspräsidenten über seine Lieblingsidee reden hören, aber erst seit kurzem waren die Versuche, mittels des Tatschewski-Effekts Raumkörper ins All zu schicken, erfolgreich. Daher stimmten sie diesmal zu, obgleich es ein Wagnis blieb, zum Planeten der Väter vorstoßen zu wollen.

Die Expedition hatte jenen Planeten zum Ziel, von dem die Vorfahren einst gekommen waren – vor 1884 Jahren. Diese Zahl bezog sich auf den Abflug der ersten Flottille; 428 Erdenjahre hatte es bedurft, um die Evakuierung der Erde zu vollenden. Man hatte sie verlassen, um die Menschheit vor den verheerenden Folgen einer Umkehr des Magnetfeldes zu retten. Bereits im Jahre 1971 der Vorzeitrechnung war festgestellt worden, daß sich das Magnetfeld der Erde je Jahrhundert um etwa fünf Prozent abschwächte und man im Jahre 4000 mit dem Wert NULL, der Umpolung, und danach mit erneuter Verstärkung des Magnetfeldes rechnen mußte. Fast tausend Jahre lang, fünfhundert vor und fünfhundert nach NULL, würde die schutzlose Erde von den superschnellen Teilchen des Sonnenwindes und den aus der Tiefe des Alls kommenden kosmischen Strahlen bombardiert werden. Die im van Allenschen Strahlengürtel seit Tausenden von Jahren festgehaltenen Teilchen würden noch zusätzlich wie ein Wasserfall auf den Planeten stürzen – mit unabsehbaren Folgen für das gesamte pflanzliche und tierische Leben! Man vermutete damals, daß bereits 200 000 Jahre zuvor eine solche Umpolung stattgefunden habe. In ihrem Gefolge hätten Mutationen das Aussterben der Saurier und die sprunghafte Entwicklung des homo sapiens zur Folge gehabt. Eigentlich kein schlechter Tausch. Doch eine erneute Mutationsexplosion würde wahrscheinlich zu katastrophalen Schäden führen, fürchtete man, womöglich zur Vernichtung der Menschheit.

Zwei Möglichkeiten standen sich damals gegenüber: entweder Vorbereitung auf tausend Jahre Leben im strahlengeschützten Erdinnern, um dann ans Tageslicht zu treten und sich einer ausgerotteten oder völlig veränderten Tier- und Pflanzenwelt gegenüberzusehen – oder umzusiedeln, auf ein freundlicheres Gestirn auszuwandern. Um 3100 war die Raumfahrttechnik so entwickelt, daß eine solche Auswanderung zwar immer noch eine Flugdauer von zwei bis drei Generationen beanspruchte und nur die vitalsten Großväter und Großmütter gemeinsam mit den Enkeln den neuen Heimatboden betreten könnten, aber die *große Reise* erschien dennoch sinnvoller als ein tausendjähriges Maulwurfdasein mit ungewisser, bedrohlicher Zukunft. Nach fast hundertjährigem Meinungsstreit siegten die Befürworter der Auswanderung. In einer Menschheitsabstimmung erhielten sie 99,2% der Stimmen. 500 Freiwillige – Männer und Frauen – wollten in der alten Heimat bleiben; ein Experiment, dem der OBERSTE RAT schließlich zustimmte.

Nach den 428 Jahren der *großen Reise* trafen die letzten Raumflotten in der neuen Welt ein, und die Informationen, die sie mitbrachten, die letzten von der Erde, bewiesen erschreckend, wie richtig der Entschluß zur Auswanderung gewesen war. Die neue Eiszeit war unerbittlich im Vormarsch: erste Gletscherzungen hatten bereits die Alpen überschritten, der Golfstrom war fast versiegt, die fünfhundert Freiwilligen hatten sich nach Island zurückgezogen, weil die zahllosen heißen Quellen und Oberflächenvulkane eine relativ gute Wärme-Isolation in nicht allzugroßer Erdtiefe versprachen. Durfte man hoffen, daß sie und ihre Nachkommen die tausend Jahre im Planeteninnern überstehen würden? Und wenn ja – was dann?

Diese Freiwilligen! Sie wollten sich lieber für tausend Jahre im Schoß des mütterlichen Planeten bergen als ins Ungewisse der neuen Heimat fliegen. Wahrscheinlich würde man jetzt, über 1400 Jahre nach dem Menschheits-Exodus, auf Island kaum noch Spuren von ihnen entdecken. Doch vielleicht hatten sie sich der veränderten Umwelt angepaßt und begannen den Planeten mit einer neuen Menschheit zu bevölkern? Oder waren ihre Nachkommen sprunghaft mutiert? Mit Fell bewachsene, vom tausendjährigen Dasein unter der Erde blind gewordene intelligente Maulwürfe mit Grabpfoten statt Händen, aber mit Laserpistolen bewaffnet . . .? Gerade die Furcht vor Degeneration durch kosmisch bedingte Mutationen war ja das Hauptmotiv für den Beschluß zur *großen Reise* gewesen.

Nun endlich war durch die Entdeckung und technische Realisierung des Tatschewski-Effekts ein Flug zur alten Heimat möglich geworden. Ein Raumschiff konnte in den Null-Raum eintauchen und sich fast so schnell wie ein Gedanke an einem Lichtjahre entfernten Punkt des Universums wiederfinden. Jahrzehntelang hatte man den theoretisch bewiesenen Effekt nicht praktisch nutzen können. Flugkörper mit Automatenbesatzung wurden in den Null-Raum geschleudert und wurden dort zu Antimaterie . . . Jetzt war es gelungen, die Zeit sozusagen stofflich zu fassen, die Tachyonen in spiraligen Bahnen um das Objekt herumzuschnüren, quasi eine „Zeitisolation" gegen den Null-Raum zu bilden – wie bei einem altertümlichen Postpaket das Packpapier und Verschnürung –, so daß die Materie nicht mehr direkt mit der Hyperkrümmung in Berührung kam. Wie der Nußkern in der Nuß durch die Zeitschale vor der Umpolung in Antimaterie geschützt, waren superschnelle Reisen auf Tachyonenbasis möglich geworden. So sollte auch die Reise nach dem Heimatplaneten nur sechs Monate des normalen Lebensmaßes dauern.

Fünfundzwanzig Experten – vor allem Archäologen, Historiker, Zoologen, Anthropologen, Biologen, Genetiker und Physiker – starteten nach diesem abgelegenen, eigentlich höchst uninteressanten Teil des Universums, dieser Aufsplitterung des untersten Seitenastes der Galaxis.

Die fünfundzwanzig überdauerten den Sturz in die Tiefe, das Hinabgerissenwerden in den negativen Raum, im Schutz der kompakten Zeit und in tiefer Anabiose. Erst als GLOB XIII den Hyperraum verlassen hatte, trat die automatische Weckeinrichtung in Aktion. Laut Programm erwachte der Expeditionsleiter, Professor Gorbati, als erster. Er nahm eine Konzentratpille, stand auf, regelte den Lebenskreislauf am Steuerpult. Dann ließ er das Schutzfenster vor dem großen zentralen Schirm der Kommandozentrale hochgleiten und sah das strahlende Gestirn, das die Ahnen Sonne genannt hatten. Bald hatte er den gesuchten Planeten im Blickfeld. Die Vergrößerung zeigte eine grün überwucherte, an den Polen leicht abgeflachte Kugel mit großen glitzernden Wasserflächen. Blaudunstig leuchtete sie ihm entgegen.

Wau, sein Assistent, erwachte als zweiter und trat zu Gorbati.

„Sehen Sie, Wau, dort ist die Sonne. Und der Planet ist kein Eisball, wie die Skeptiker vorausgesagt haben, sondern eine grüne Kugel."

„Also belebt", schlußfolgerte Wau.

Die Expeditionsteilnehmer entschlossen sich nach einem kurzen Flug über den Planeten zur Landung an einem Fluß inmitten ebenen Landes. Auf einer Wiese setzten die Teleskopbeine auf, ein leichtes Zittern, GLOB XIII stand.

Die Luftanalysen ergaben, daß ein Aussteigen ohne Schutzanzüge möglich war. Doch in den Bodenproben wurden geschmolzene kleinste Kügelchen entdeckt, die Radioaktivität anzeigten. Tiere wurden weder gesichtet noch aufgestöbert. Die üppige Vegetation – Schachtelhalme, Bärlapp, Schierling, riesiger Klee und Farne – überwucherte mannshoch das Ufer des klaren Flusses, an dem man gelandet war.

Die Radiokarbonmethode ergab bei der Untersuchung der kleinen Schmelztropfen, daß hier vor etwa achthundert Jahren eine hohe Radioaktivität von über tausend Röntgen geherrscht haben mußte. Doch das Zentralgestirn strahlte völlig normal; auch das Magnetfeld wies seine alte Stärke auf und schützte den Planeten so wirkungsvoll wie ehedem. Allerdings zeigte die Kompaßnadel strikt nach Süden.

Eine weitere Besonderheit gegenüber den bekannten Daten: die Achse des Planeten stand jetzt fast senkrecht zur Umlaufbahn um die Sonne; vor der *großen Reise* war sie leicht schräg geneigt gewesen. Die Geologen erklärten dies mit ungeheurer Vergletscherung und dadurch hervorgerufenen Massenverlagerungen. So ergaben sich aber nun ziemlich gleichmäßige Vegetationsgürtel ohne jahreszeitlichen Wechsel.

Sie waren mit GLOB XIII in der subtropischen Zone gelandet.

Abends saßen sie zusammen und beratschlagten, wie man am besten mit der intensiven Suche nach menschlichen Spuren beginnen sollte.

Am nächsten Morgen funkte Wau, seine Arbeitsgruppe sei drei Kilometer von der Flußwiese entfernt auf die Ruinen einer Stadt gestoßen. Man legte Mauerreste frei, die aus merkwürdigen betonartigen Substanzen geformt waren, aber man fand nichts, gar nichts, was auf die Lebensweise der einstigen Bewohner dieser Stadt hingedeutet hätte. Zuerst das Eis und dann der Pflanzendschungel der Urweltflora schienen alles vernichtet zu haben.

Sie wanderten durch die Ruinen und suchten nach Spuren menschlichen Lebens, als ein Techniker angestürzt kam und schrie: „Weg, schnell weg, die Biester kommen! Allo ist gebissen worden und bewußtlos. Wir sind auf ein Nest gestoßen."

Entsetzt sahen sie zwischen den Schutthügeln über ein Dutzend monströse Insekten auf sich zufliegen. Es waren Spinnen, fliegende Spinnen von fast einem halben Meter Größe! Zwischen den haarigen Beinen spannten sich Flughäute, ihr Auf- und Abschlagen erzeugte ein dumpfes Surren, die Kieferzangen waren gierig geöffnet, drohend schien es aus den drei Augen jeder Spinne zu funkeln. Riesenspinnen – dazu noch fliegende!

Die fünfundzwanzig Männer rannten, was das Zeug hielt, zur GLOB XIII. Ehe sie das Schott schließen konnten, mußten sie zwei Riesenspinnen erschlagen. Gut, daß sie neben den Großgeräten des 19. Jahrhunderts neuer Zeitrechnung auch noch urweltliche Brechstangen besaßen . . .

„Da haben Sie Ihre Fauna“, sagte Gorbati am Abend zu den Zoologen, die Allos Krankenlager umstanden. Der Gebissene war außer Lebensgefahr, aber in seinen Augen flackerte noch Angst. „Wenn es solche Riesenflugspinnen gibt, gibt es vielleicht auch Riesensäuger.“

Das war nicht von der Hand zu weisen, aber zunächst ging es darum, sich außerhalb des Raumschiffes frei bewegen zu können, ohne erneut von den gelbbepelzten Ungeheuern angefallen zu werden. Am nächsten Tag sicherten die Chemiker einen Zehn-Kilometer-Umkreis mit Anti-Insekten-Gas ab. Man hatte ja vor dem Abflug mit derlei unangenehmen Überraschungen gerechnet und war auf sie vorbereitet.

Der Geograph der Expedition war davon überzeugt, daß man die Elbe und die Ruinen der Stadt Dresden entdeckt hatte. Allerdings habe Dresden dereinst in der gemäßigten Zone Mitteleuropas gelegen; die jetzige subtropische Flora sei ein weiterer Beweis für die Verschiebung der Klimazonen.

„Folglich müssen wir dieses Island viel weiter nördlich suchen“, meinte der Geograph.

„Also suchen wir.“ Diese drei Worte Gorbatis bedeuteten Abbruch der Ausgrabung Dresdens und Start in den Norden.

Sie landeten auf einer Insel, die nach den alten Unterlagen Island hätte sein können, aber man war sich nicht sicher. Da gab es auch noch ein Grönland und ein Spitzbergen . . . Nun, man würde sehen.

In der Nacht wurde Wau durch ein seltsames Geräusch aus dem Schlaf gerissen. Es war ihm, als hätte etwas von außen an die GLOB XIII gepocht. Doch außer kalbsgroßen Säugern, die als Murmeltiere identifiziert worden waren, hatten sie noch kein Lebewesen gesehen, und Wau schien es sehr unwahrscheinlich, daß die Riesenmurmeltiere an das Raumschiff gepocht haben könnten. Er stand auf und öffnete vorsichtig das Bullauge seiner Kabine. Die Nacht war mild, doch Gorbati hatte untersagt, bei offenen Bullaugen zu schlafen; der Flugspinnenüberfall hatte ein Warnsignal gesetzt.

Wau beugte sich hinaus und spähte angestrengt ins dämmrige Licht. Da hörte er das Klopfen wieder und sah, wie sich ein Schatten bewegte. Was warf diesen Schatten, der aussah wie . . .

Da stand er – mindestens drei Meter groß . . . Unbeweglich blickte er Wau an.

In einer Art Overall und derben hohen Stiefeln stand er da und klopfte mit einem länglichen Gegenstand an die Außenhülle von GLOB XIII. Dann wandte er den Kopf ab und winkte. Eine zweite Gestalt trat heran, gekleidet wie die erste. Nun blickten beide zu dem wie erstarrt stehenden Wau, der kaum zu atmen wagte. Übergroße Augen unter tiefen Brauen, aufmerksam und forschend . . . Und dann waren die beiden Riesen plötzlich wie vom Erdboden verschluckt.

Waus Erstarrung wich, er taumelte zurück, warf sein Bullauge zu und drückte mit aller Kraft auf den Alarmknopf. Schrill gellte es durch alle Räume, halb verschlafen kamen die Gefährten angestürzt und hörten Waus aufgeregtes Gestammel:

„Sie sind da – die Nachfahren der Überlebenden . . . mehr als drei Meter groß . . . Sie haben geklopft – nun sind sie verschwunden!“

Gorbati schüttelte zweifelnd den Kopf, sandte aber ein paar Kundschafter, mit Laser-Werfern bewaffnet, ins Freie. Als sie nach ihrer Rückkehr, fast ebenso aufgeregt wie Wau, berichteten, rings um das Raumschiff hätten sie Fußspuren von fast einem halben Meter Sohlenlänge entdeckt, überlief auch Gorbati ein Frösteln.

Also hatten es die Freiwilligen geschafft, sich in den mütterlichen Planeten einzugraben, um zu überleben. Aber die Strahlen hatten auch ihre Nachkommen mutieren lassen und wie bei den Flugspinnen und Murmeltieren zur Entwicklung von Riesen geführt. Aber warum hatte man sie tagsüber nicht entdeckt, warum waren sie nachts zum Raumschiff gekommen? Waren etwa die Augen der Erdenmenschen durch das tausendjährige Leben unter der Erde überempfindlich geworden? „Dämmerungstiere" nannten das die Zoologen. Auch Wau war die Größe der Augen und der sie beschattenden buschigen Brauen aufgefallen ...

Overalls und Stiefel deuteten darauf hin, daß die Nachkommen der Erdenmenschen nicht in einen primitiven Urzustand zurückgefallen waren. Oder hatte Wau sich im nächtlichen Dämmerlicht geirrt?

Man müßte sie ansprechen, ihnen mitteilen, daß Menschen gelandet, daß ihre Brüder von der *großen Reise* zurückgekommen waren. Vielleicht hatten sie Furcht, obgleich sie so riesig waren? Vielleicht konnten sie sich überhaupt nur nachts auf der Planetenoberfläche bewegen? Vielleicht ...

Aber wie ansprechen, wie? Vor dem Exodus hatte es bereits eine einheitliche Weltsprache gegeben, die Lingua universa. Aber sie hatte sich in den inzwischen verflossenen achtzehn Jahrhunderten entwickelt und verwandelt. Würden die Riesen sie noch verstehen?

Die GLOB-XIII-Besatzung hatte Glück, es befand sich ein Geologe an Bord, der das Studium der alten Lingua universa aus Liebhaberei betrieb. Selbst Torben war es nicht in den Sinn gekommen, der Expedition einen Altphilologen zuzuordnen.

Gemeinsam mit Anders, dem Geologen, setzte Gorbati folgenden Text in der alten Sprache auf: „Brüder! Wir sind gekommen, die Heimat des Menschen zu besuchen. Wir stammen von diesem Planeten, den unsere Vorfahren verlassen haben, um den kosmischen Strahlen zu entgehen. Eure Vorfahren haben der Gefahr im Innern des Planeten getrotzt. Ihr seid unsere Brüder, wir grüßen euch und hoffen, daß ihr die alte Sprache unserer gemeinsamen Erde versteht!"

Den fünfundzwanzig Männern klang es eigenartig fremd und doch irgendwie bekannt, als dieser Text in der alten Lingua universa auf Band gesprochen wurde. Dann schalteten sie die Mikrophone und Außenlautsprecher ein und ließen das Band ablaufen.

„Bratelli! Nos venemos ..." erklang es fast erhaben in der Morgendämmerung. Nach einer Pause, die sie mit einigen Takten Musik, auf- und absteigenden Akkorden, füllten, erklang es aufs neue: „Bratelli! Nos venemos ..." Dann ein drittes, ein viertes, ein fünftes Mal. Eine halbe Stunde verging, Gorbati ließ abschalten, ringsum blieb es still. Die Stille war aufregender als alle im Dresdner Dschungel vernommenen Geräusche. Doch dann – war das ein Echo? Klang es nicht deutlich ins Raumschiff: „Bratelli ..."? Nein, es klang ein wenig anders, eher wie „Wratelli". Und dann kamen Worte, die eindeutig nicht aus ihrer Sendung stammten. Die Riesen hatten verstanden, sie antworteten! Gorbati wußte sich vor Freude kaum zu fassen: Menschenbrüder ...

Anders hatte es nicht leicht mit der Übersetzung. „Das ist keine reine Lingua universa, einiges klingt sehr ähnlich, anderes nicht. Doch die Antwort der Riesen könnte so lauten: „Brüder! Wir sind tief bewegt, zu erfahren, daß die große Reise geglückt ist und der Menschheit eine neue Welt erschlossen wurde. Bis heute waren wir überzeugt, daß wir die einzigen Nachfahren der Menschheit sind. Unsere Vorfahren und wir glaubten nicht an den Erfolg des Exodus. Euer Kommen beweist ihn. Wir holen euch zu uns, sobald die Sonne untergegangen ist. Wählt drei Gefährten aus, die mit uns kommen sollen."

Der fünfundzwanzig Kosmonauten bemächtigte sich eine große Erregung. Da waren lebendige Nachkommen jener, die der Katastrophe getrotzt hatten, da waren menschliche Wesen, deren Vorfahren gelitten und gekämpft hatten, um sich auf dem Heimatplaneten zu behaupten – gewiß nicht nur gegen ein paar Flugspinnen und Riesenmurmeltiere.

Doch warum wollen sie den ganzen Tag verstreichen lassen und uns erst nach Sonnenuntergang zu sich holen? Sind diese Riesenmenschen wirklich „Dämmerungstiere“ wie die kleinen flinken Makakis, die großäugigen Halbaffen der antiken Welt? Können sie sich dann erneut zu Herren des Planeten aufschwingen? Gibt es Technik, Schrift, Kommunikation? Und wieviele sind es – eine Horde, ein Stamm, ein Volk? Fragen über Fragen.

Ließe sich nicht ein Translator konstruieren? Doch Rinno, der Kybernetiker, war nicht imstande, das Vokabular und die Grammatik der alten Lingua universa so schnell in einen computergerechten Algorithmus zu bringen. Also würde alles Wort für Wort und im Gespräch simultan übersetzt werden müssen. Daher wurde Anders zum Begleiter von Gorbati und Wau bestimmt.

Der Tag kam allen unermeßlich lang vor. Gorbati hatte das Verlassen des Raumschiffes untersagt: er wollte die Riesen nicht kopfscheu machen, sie sollten den aus den Weiten des Kosmos zu ihnen gekommenen Brüdern aus eigenem Antrieb ihre Welt zeigen. Tagsüber bereitete er sich mit Wau und Anders gründlich auf die erste Begegnung vor. Sie übten auch mit Nachtsichtgeräten, denn es war anzunehmen, daß in den Höhlen – oder wo auch immer die Riesen hausen mochten – ein dämmriges Halbdunkel herrschen würde, das besondere Anpassungsvorbereitungen notwendig machte. Diese Nachtsichtgeräte hatten die Form von Brillen, die Kleinst-Akkus waren in den Bügeln untergebracht und auch auf geringste Lichtstärken einzustellen.

Die Sonne war kaum untergegangen, als durch die Außenmikrophone eine sonore Stimme verstärkt wurde, die diesmal so langsam sprach, daß Anders fließend übersetzen konnte: „Wir erwarten drei Menschen aus dem All und bitten sie, keine künstliche Lichtquelle mitzubringen. Helles Licht schadet unseren Augen."

Die Luke öffnete sich, Gorbati, Wau und Anders kletterten durch den Ausstieg. Auch die im Raumschiff bleibenden Gefährten benutzten Nachtsichtgeräte, sonst hätten sie nur schattenhafte Schemen wahrnehmen können. Die drei gingen zögernd einige Schritte, dann plötzlich traten ihnen aus dem Dunkel drei Gestalten entgegen, so riesig, wie Wau sie beschrieben hatte. Die Isländer legten die Hände vor der Brust flach gegeneinander und hoben sie dann über den Kopf. Das war eindeutig ein Gruß. Die drei Kosmonauten ahmten ihn nach, es sah etwas unbeholfen aus, doch gewiß verstand man sie und begriff, daß sich die Ankömmlinge den hiesigen Sitten anpassen wollten.

Lange starrten zweiundzwanzig Augenpaare den sechs Gestalten nach, die immer mehr im Dunkel verschwanden, je ein Riese neben einem Kosmonauten; das sah gespenstisch und doch auch irgendwie komisch aus. Einer lachte plötzlich auf und sagte: „Wie Lehrer mit gerade eingeschulten Kindern . . ." In der Tat: neben den Riesen sahen Gorbati, Wau und Anders wie kleine Kinder aus.

Die drei Kosmonauten mußten sich Mühe geben, mit ihren Begleitern Schritt zu halten, obgleich die Riesen sich ihnen anzupassen suchten. Kein Wort wurde gewechselt, es war wie eine stumme Übereinkunft. ‚Wird uns eine Horde oder eine zivilisierte Gemeinschaft empfangen?' fragte sich Gorbati. Er hing so seinen Gedanken nach, daß er stolperte, als man plötzlich anhielt. Vor sich sah er eine Felswand aufragen, einer der Riesen trat vor und stampfte mit dem linken Fuß auf. Ein Tor glitt zur Seite, die drei Kosmonauten blickten in eine große dämmerige Halle, in der sich zahlreiche Gestalten drängten. Aufmunternd nickte Gorbati seinen beiden Gefährten zu. Dann traten sie ein.

Bald hatten sie sich an das Dämmerlicht gewöhnt. Die Halle war hochgewölbt aus dem Fels gehauen, es herrschte eine angenehme Temperatur, ringsum standen hohe Stühle, und an der Stirnseite befand sich ein Tisch, der mit Blumen geschmückt war. Dorthin führte man die Gäste.

Sie sahen Margueriten und Glockenblumen, so groß wie irdische Sonnenblumen, und ihr Anblick gab Gorbati, Wau und Anders ein Gefühl der Wärme und Geborgenheit. Ein Blumengruß für Brüder!

Ein Mann in einem lichtblauen Overall, auf dessen linker Brustseite ein roter Kreis und drei gelbe Punkte leuchteten, kam auf die Kosmonauten zu und streckte ihnen seine mächtige Rechte entgegen. Gorbati ergriff sie, und während er dem sich zu ihm Herabbeugenden in die großen, dunklen Augen blickte, sagte er: „Ich bin Gorbati, der Leiter der Expedition." Anders übersetzte sofort.

„Und ich bin Molinar, der Vorsitzende des Rates." Die Stimme dröhnte so laut, daß Gorbati unwillkürlich zusammenzuckte. Molinar beruhigte ihn durch einen sanften Druck seiner Hand. Gleichzeitig durchblitzte Gorbati die froh stimmende Erkenntnis: Vorsitzender, Rat – das sind Begriffe des gesellschaftlichen Lebens, es hat also keinen Rückfall in die Barbarei stattgefunden, kein Despot begrüßt uns. Welch ein Glück, daß die Mutationen nicht auch die Erinnerungen an die ganze qualvolle Vorgeschichte der Menschheit verschattet hatten.

Molinar lud die drei ein, Platz zu nehmen. Offenbar hatten die Riesen Kinderstühlchen für ihre Gäste bereitgestellt. Molinar und vier andere Riesen – drei Männer und eine Frau – setzten sich neben sie an die Tafel mit den Blumen.

Dann erhob sich Molinar und beugte sich zu Anders hinab. „Bitte übersetzen Sie Wort für Wort. Ich werde langsam sprechen."

Und er begann. – „Brüder und Schwestern, wir sind froh! Endlich besteht Gewißheit, daß der Auszug der Menschheit vor über 1400 Jahren erfolgreich war, endlich sind Menschenbrüder in die alte Heimat zurückgekehrt.“ Er schwieg einen Moment, die Größe des Augenblicks hatte ihn sichtlich ergriffen. „Als die kosmische Katastrophe im Abklingen war und unsere Vorfahren sich aus dem Erdinnern hervorzutasten wagten, warteten wir von Generation zu Generation darauf, daß ein Raumschiff mit Menschen landen würde, um zu sehen, was aus der alten Heimat und den Hiergebliebenen geworden war. Doch Jahrhundert um Jahrhundert verging, niemand landete, niemand kam auf den Heimatplaneten zurück. So mußten wir Erdenmenschen glauben, daß unsere Brüder ihre neue Heimat nicht erreicht hatten und im eisigen Weltraum untergegangen waren. Nun steht ihr unter uns, verloren geglaubte Brüder! Wir jedoch sind die Nachfahren jener fünfhundert Freiwilligen . . . Die Dokumente in unserem Archiv besagen, daß sich damals viele Tausende meldeten; der Weltrat wählte nur die Besten aus.

Wir wissen, daß der Exodus-Flug jahrhundertelang gedauert hat. Wir kennen auch den noch auf der Erde gefaßten Beschluß, spätestens tausend Jahre nach der Ankunft in der neuen Heimat ein Raumschiff zurückzuschicken, um zu erforschen, ob die Zurückgebliebenen das Höhlendasein überdauern konnten. Jetzt seid ihr gekommen, um uns zu suchen. Welch Glück, daß ihr uns gefunden habt! Denn die Erdachse hat sich durch die Gletschermassen verschoben, mit ihr die Klimazonen. Das konntet ihr nicht wissen.“

Gorbati stand spontan auf, sprang auf den Tisch, eilte auf Molinar zu und versuchte ihn zu umarmen. Alle in der Halle verstanden: Man hatte sich wiedergefunden! Da umarmten sich zwei Menschen, der eine, dessen Vorfahren durch das tausendjährige Feuer der Kosmosstrahlung und tausendjährige Dunkelheit gegangen waren, der andere, der von einem unermeßlich weit entfernten Planeten durch den Null-Raum gestürzt war. Ein neues Band war geknüpft und sollte niemals mehr zerreißen.

Dann sprach Gorbati. Er schilderte die Entwicklung der Menschheit in der neuen Heimat und den grandiosen Fortschritt der Raumfahrt mittels des Tatschewski-Effekts. „Wie können wir euch unterstützen, euch helfen, Brüder und Schwestern in der alten Heimat, unserer gemeinsamen Wiege?"

„Ja, Hilfe tut not", erwiderte Molinar. „In den verflossenen vierzehnhundert Jahren ist unsere Zahl nie über zweitausend gestiegen. Die Mutationen führten zu Fehlgeburten, Unfruchtbarkeit und erhöhter Krankheitsanfälligkeit. An eine Weiterentwicklung von Wissenschaft und Technik war nicht zu denken, nur zum Teil konnten wir wenigstens den Stand halten, der den fünfhundert Vorfahren damals überkommen war. Vieles, was wir wissensmäßig beherrschen, läßt sich wegen unserer kleinen Zahl nicht in die Praxis umsetzen. Unser Wissen geben wir vom Meister zum Schüler weiter wie im vorgeschichtlichen Mittelalter. Unser Leben ist karg und hart."

Im ersten Gefühl, etwas wiedergutmachen zu müssen, schlug Gorbati vor, alle in die neue Heimat zu überführen; schon in etwa zwei Jahren könnte dieser zweite Exodus abgeschlossen sein. Doch seine Worte stießen auf Murren und Ablehnung in der riesigen Halle.

Molinar erwiderte: „Wir sind der genetischen Schädigung nicht Herr geworden, daher verstehen wir deinen Vorschlag. Aber wir wollen nicht bei euch wie eine Sensation angestarrt werden. Womöglich richtet ihr für uns, voll guten Willens, eine Art Reservat für halbblinde Riesen ein ... Nein, wir bleiben hier. Aber wir brauchen eure Hilfe, um den Planeten aufs neue für uns – und auch für euch – zu erobern." Molinar unterbrach sich und lächelte ein wenig. „In der Höhlenforschung sind wir euch gewiß voraus, wir benötigen keine so komplizierten Nachtsichtgeräte, wie ihr sie mitgebracht habt. Aber im grellen Sonnenlicht – Dunkelbrillen allein tun es nicht, unsere Netzhaut ist zu sensibel geworden, eure Ärzte und Genetiker müssen uns helfen. Nach eurer achtzehnhundertjährigen ungestörten Entwicklung ist dies sicher kein allzu großes Problem für euch. Das wäre das erste. Zum zweiten benötigen wir technische Hilfe. Wir wenigen sind nicht in der Lage, über den kleinen Atomreaktor hinaus, der seit dem Exodus arbeitet, einen neuen, leistungsfähigeren zu errichten. Ernähren können wir uns ausreichend, wir treiben Viehzucht und pflanzen vitaminreiche Gemüse an." Molinar stockte und fuhr mit veränderter, leiserer Stimme fort: „Manchmal kommen wir uns wie gestrandete Himmelsfahrer auf einem fremden Gestirn vor und nicht wie die Nachkommen der in der alten Heimat verbliebenen Menschen. Daß wir geschädigt wurden in unserer Gensubstanz, war uns klar durch den Geburtenschwund und die Krankheitsanfälligkeit. Aber daß wir zu Riesen geworden sein sollen – das machte uns erst euer Besuch bewußt. Denn seht selbst: unsere Umwelt hat für uns die alte Maßhaltigkeit. Doch vielleicht sind wir Menschen normaler Größe, und ihr seid kleiner geworden nach vielen Jahrhunderten auf einem anderen Gestirn mit anderem Massenverhältnis? Seid ihr die Zwerge, als die ihr uns bei eurem Auftauchen erschient, oder sind wir die Riesen . . .?" Molinar strich sich über die Stirn, wie um diesen Gedanken wegzuwischen. „Tatsache bleibt: Ihr habt einen neuen Planeten erobert, und wir sind sicherlich in euren Augen so etwas wie urzeitliche Halbwilde."

Die drei Kosmonauten waren erschüttert, und noch einmal wiederholte Gorbati seinen Vorschlag: Warum sich hier herumquälen, warum nicht mitfliegen, warum nicht umsiedeln dorthin, wo es alles gab – vor allem genetische Behandlung . . . Er war wie besessen von dem Gedanken, den Erdenmenschen einen Weg in die neue Heimat zu weisen.

Molinar unterbrach ihn lächelnd. „Daß auch wir unser Leben lieben, unseren Planeten, unsere alte gemeinsame Heimat, daß wir nicht umsiedeln möchten – das ist dir wohl unverständlich? Aber Hilfe nehmen wir gerne an. Drei von uns –

zwei Männer und eine Frau – werden wir in die neue Heimat entsenden, du wirst sie in euer Raumschiff aufnehmen. Aber wir bleiben hier und vertrauen darauf, daß ihr zurückkommt als unsere Freunde und Helfer."

Gorbati hatte dem nichts entgegenzusetzen. „Wir wollen keine Zeit verlieren", sagte er. „Die beiden Mediziner unserer Expedition und meinen Begleiter Anders, der eure Sprache spricht, lassen wir zurück, auch einen Teil unserer Ausrüstung. Wählt die drei, die mit uns in die neue Heimat fliegen sollen, aus – wir starten so schnell wie möglich, damit wir bald wieder bei euch sein können."

Geschäftiges Treiben beherrschte die kommenden Tage. Ein medizinisches Labor wurde ausgebaut, Spezialbrillen für den Ultrarotbereich erwiesen sich wirksamer als die von den Isländern entwickelten Blaugläser und erleichterten ihnen die Bewegung in der Morgen- und Abenddämmerung. Die Ingenieure errichteten einen Wärmeumwandler, der Geysirhitze unmittelbar in Strom umformte, eine willkommene Verstärkung der Energiebasis. Staunend standen die Physiker der Expedition vor dem vierzehnhundert Jahre alten und immer noch arbeitenden Atomreaktor.

Inzwischen sichteten die „großen Brüder", wie man auf GLOB XIII die Isländer nannte, ihr Archiv und übergaben Gorbati die uralten Dokumente, aus denen hervorging, nach welchen Gesichtspunkten die fünfhundert Freiwilligen vom Weltrat ausgewählt worden waren.

Als Gorbati beim Start von GLOB XIII hinunterblickte – erst in großer Höhe wurde der Tatschewski-Effekt wirksam, der Start erfolgte mit traditionellen Triebwerken –, standen unter den Riesen auch die drei Zurückgebliebenen. Klein wie Kinder sahen Anders und die beiden Ärzte aus ... Und da erfaßte Gorbati mit einemmal ein Schaudern: Sollte am Ende Molinar im Recht sein, waren etwa sie, die Überlegenen, die

„Zwerge“? Was war Wirklichkeit? Das Format der uralten Dokumente war ihm auffallend groß erschienen, auch der alte Reaktor ...

Doch war dies wichtig? Unermeßlich wichtiger war es doch, daß die getrennten Teile der Menschheit sich wiedergefunden hatten – der kleine, Gefahren ausgesetzte, und die Abgesandten der neuen Heimat, die in wenigen Stunden in den Null-Raum stürzen würden, um nach ihrer Rückkehr Kenntnis zu geben von dem, was in der alten Wiege der Menschheit seit dem Exodus geschehen war.

Torben – Gorbati hoffte, daß der Greis noch am Leben war, wenn sie zurückkehrten – sollte der erste Gruß gelten ...

Donnernd stieg GLOB XIII in die Lüfte, längst den brillenbedeckten Augen der Zurückgebliebenen entschwunden. Doch es war kein Flug ohne Wiederkehr; andere würden kommen, bald. Der Ring hatte sich geschlossen, die Menschheit tat den ersten Schritt, die alte Heimat neu für sich zu erobern.

Das Interview

Ich drehte das schmale, weiße Kärtchen lange in der Hand. Nur wenige Worte standen darauf: „Ich bin mit Ihrem Besuch einverstanden. Bedingung: kein Photo, kein Tonband.“ Und in kräftiger, etwas altmodisch wirkender Schrift unterzeichnet: „August Wilhelm Potter.“

Sollte dies wirklich der Schlüssel sein, dem ich so lange nachgejagt war, bin ich der erste, dem es gelingen wird, August Wilhelm Potter zu interviewen; ein Unterfangen, das schon viele vor mir erfolglos aufgegeben hatten?

Meine Bitte um ein Gespräch hatte ich eingeleitet mit dem Hinweis, auch ich sei, wie Potter, dereinst aus dem alten Europa hierher geflüchtet, auch ich sei, wie er, mein ganzes Leben lang ein Suchender; auf Deutsch hatte ich hinzugesetzt: „Ein Landsmann aus Mannheim bittet um die Ehre." Ein Trick, auf Ressentiments spekulierend – aber er schien gelungen zu sein. Mir ist der Weg zu Potters Insel freigegeben.

Wenn ich jetzt in Ruhe nachdenke, meine ich fast, ich hätte stutzig werden müssen. Was, außer der dubiosen Landsmannschaft, könnte Potter veranlaßt haben, seine schon fast sprichwörtliche Abneigung gegen Befragungen durch neugierige Presseleute aufzugeben? Doch damals ließ die Eitelkeit auch nicht den leisesten Verdacht in mir aufkommen, Potter könnte mit seiner Zusage eine besondere Absicht verfolgen.

Im Presseclub von San Francisco wurde das Kärtchen bestaunt, als hätte ich, eben aus London kommend, einen dort gestohlenen Krondiamanten der Queen vorgewiesen. Webster vor allem sah ganz so aus, als wollte er es mir entreißen.

Vom Club aus rief ich verschiedene Zeitungen und Agenturen an und versuchte, das Potter-Interview meistbietend an den Mann zu bringen. Die meisten glaubten mir nicht, doch „Weekly Times" nahm mich unter Vertrag. Drei Tage nach meinem Besuch sollte ich liefern, eine Fotokopie des Potter-Kärtchens aber sofort einsenden. Man wollte keine Katze im Sack kaufen. Verständlich. Ich nahm's den Leuten nicht übel.

Ich sehe noch den kleinen Steamer vor mir, der mich zu Potters Insel bringen sollte. Vertrauenerweckend sahen weder er noch der Kapitän aus. Aber was sollte ich machen? So schaukelte ich also, auf einer wackligen Kiste sitzend und mein kleines Köfferchen fest zwischen die Knie gepreßt, dem Eiland entgegen. Der Landesteg knarrte ebenso altersschwach wie die Schiffsplanken, als ich an Land sprang. Außer einem

Wink in die Richtung, die ich einschlagen sollte, war dem Kapitän keine Äußerung zu entlocken.

Ich trabte los, und noch heute kommt es mir vor, als sei der staubige Weg zwischen vertrockneten Agaven, an einem riesigen Feigenkaktus vorbei, der von einer dicken Spinnwebe umwoben war, unendlich lang gewesen. Endlich, nach einer kleinen Biegung, kam ich an ein Gatter. Rechts und links von ihm schien sich ein Drahtzaun bis zum Meer hin zu verlieren. Alles sah verwahrlost und fast gespenstisch aus. Am Gatter bemerkte ich einen Klingelknopf, hinten schimmerte Mauerwerk durch die Zweige eines Eukalyptuswäldchens. Ich war angekommen.

Ein Druck auf die Klingel. Nichts erfolgte, staubig und schon in der Mittagshitze flimmernd, lagen Gatter, Drahtzaun und Eukalyptuswäldchen vor mir. Ich schob den Hut in den Nacken, öffnete den Kragen, zog den Schlips fast bis zur Brust herab. Uff, war das heiß und staubig! Warum in aller Welt hatte Potter sein Forschungszentrum auf eine so trostlose Insel verlegt? Nur er allein konnte mir darauf eine Antwort geben, und das sollte er, by Jove!

Ich schreckte zusammen. Eine Stimme sprach zu mir, sie kam von irgendwoher, nicht aus dem Gatter, nicht aus den Ästen eines Baumes. Von oben, schien es mir. Aber dort war nichts ... „Zeigen Sie die Karte", sagte die Stimme. Ja, wem denn? Ich schwenkte das weiße Kärtchen wie eine Kapitulationsfahne über meinen Kopf hin und her.

„Zählen Sie langsam laut bis zehn, dann drücken Sie auf den Knopf", sagte die Stimme. Wiederum konnte ich nicht feststellen, woher sie kam. Sie war eben da, wie der trockene Boden, wie das gelbliche Gras und der ausgetretene Pfad.

Ich zählte. Um mich abzulenken, begann ich rückwärts wie beim count-down, und bei „Start" drückte ich auf den Knopf.

„Sie sind ein Spaßvogel", sagte die Stimme, und dann dröhnte ein Lachen. Ich drückte gegen das Gatter, spielend leicht ließ es sich in den Angeln drehen, ich trat einen Schritt vor – und schrie vor Schreck laut auf. Meine Füße glitten nach unten, unendlich schnell bewegte ich mich senkrecht hinab, es sauste mir in den Ohren, mein Magen hob sich ...

Ruckartig blieb der Lift, oder was es war, stehen. Licht strahlte plötzlich auf, ich mußte blinzeln. Vor mir lag ein glatter, schmuckloser Gang, weiß getüncht, mit Neon-Röhren an der Decke. „Warten Sie, bis Joe Sie abholt", sagte die Stimme.

Ein leises, surrendes Geräusch kam näher und immer näher. Aus einem Seitengang tauchte ein kleines, gummibereiftes Fahrzeug auf, anscheinend elektrisch angetrieben. Am Steuer saß ein großer, pockennarbiger Neger, der mich anlächelte, mit dem Finger an seine Haarkrause tippte und dabei sagte: „Hallo, Mister. Ich bin Joe. Bitte einsteigen. Professor Potter erwartet Sie."

Mal rechts, mal links, es ging ziemlich schnell. Wir hielten in einem Lastenaufzug, sofort ging's nach oben, Joe schob eine Tür zur Seite und sagte: „Aussteigen, Mister." Ich stand starr. Vor mir lag eine im Bungalowstil eingerichtete, lichtdurchflutete Halle. Breite Fenster gaben den Blick frei auf die Insel und das Meer.

Aus einem schalenförmigen Korbsessel erhob sich ein rundlicher, mittelgroßer Mann mit einem strubbeligen weißen Haarkranz um die sonnengebräunte Glatze und streckte mir eine kräftige Hand entgegen. Zu meiner Verwunderung begrüßte er mich auf Deutsch: „Willkommen, Landsmann! Sie haben meine wunde Stelle entdeckt."

Meine deutsch-englisch gestotterte Antwort war beschämend für einen cleveren Journalisten; Potter ging mit einem Lachen darüber hinweg. Wir setzten uns, und Joe servierte zwei große Gläser eisgekühlten Grapefruitjuice. Potter mußte meinen bewundernden Blick hinab zum Meer beobachtet haben, denn er stand auf, das Glas in der Hand, und trat zur Fensterfront. „Hübsch hier, was? Man hat einen Blick fast über die ganze Insel. Sehen Sie!"

Ich trat zu ihm. Von hier oben aus wirkte die Insel nicht

trocken und dürstend, wie ich sie auf meinem Fußmarsch erlebt hatte, sondern fast tropisch bewachsen. Hinter dem dichten Grün verlief der helle Sandstrand in einem sanften Bogen, das Meer war tiefblau, die Schaumkronen auf den eiligen Wellenkämmen blitzten. Alles wirkte bunt wie ein Werbeprospekt.

„Ich habe so gut wie keine Mitarbeiter", erklärte mir Potter. „Und die wenigen sind jetzt in Urlaub. Jedes Jahr wird für sechs Wochen geschlossen. Das sind stets meine fruchtbarsten Tage. Keiner stört mich, ich kann in Ruhe nachdenken und die weitere Arbeit vorbereiten."

So ein Fuchs, dachte ich, da hat er mich extra zu einem Zeitpunkt eingeladen, an dem er hier ganz allein ist. Keine Gefahr, daß der neugierige Journalist noch andere Insulaner ausquetschen könnte.

Wir setzten uns wieder. „Nun, Herr Landsmann, fragen Sie schon!"

Ich wußte einiges über Potters Biographie. Schon Mitte der dreißiger Jahre war er nach den Staaten ausgewandert, 1952 hatte er den Nobelpreis für physiologische Chemie erhalten. Gerüchte, er sei an der Schaffung bakteriologischer Waffen beteiligt, hatte er stets entrüstet zurückgewiesen. Ich wußte auch, daß er sich vor zehn Jahren diese kleine Insel vor der kalifornischen Küste gekauft hatte und hier fast völlig isoliert forschte. Seither hatte er nichts mehr veröffentlicht. Das Geld zum Inselkauf und zum Bau der Labors? Auch das war kein Geheimnis: Jede zweite Amerikanerin goß ihre Geranientöpfe mit „Potters Fluidum", in unzähligen Haushalten fanden sich „Potters Flower-Tablets" zum Frischhalten von Schnittblumen. Seine chemischen Erfindungen hatten also auch eine recht praktische Seite. Aber er kümmerte sich um seine Fabriken wenig. Es war nicht einmal bekannt, ob die „Potter Ltd." ihm tatsächlich gehörte oder ob er nur seinen Namen und die Patente zur Verfügung stellte. – Ich war taktlos genug, mit dieser Frage zu beginnen.

Potter schmunzelte. „Wissen Sie, ich bin ein Schüler von Waldmüller. Der Name wird Ihnen nichts sagen. Waldmüller war ein großer physiologischer Chemiker und entdeckte kurz nach dem ersten Weltkrieg den Mechanismus der Oxydation der Buttersäure im Organismus. Aber höher als die Entdekkung der Beta-Oxydation wertete er sein ganzes Leben lang die Erfindung der Sonnenbrandsalbe ‚Waldmüllers Labiosan'. Selbst bei Himalaja-Expeditionen hat sie sich bewährt. Aus der Labiosan-Herstellung befriedigte der Alte seine unersättliche Jagdleidenschaft, was er sich als Professor der kleinen Universität Tübingen nie hätte leisten können. Er war stets mein Vorbild. Nur sind die Maßstäbe hier eben größer als drüben im Ländle." Er stand auf. „Ich werde Ihnen am besten einiges zeigen. Dann können Sie gezielter fragen."

Ich folgte Potter durch mehrere Labors. Da standen Batterien von schlangengleichen gläsernen Spiralen, in denen farbige Flüssigkeiten sprudelten. Marmortafeln waren mit Instrumenten bestückt. Signallämpchen flackerten ... Einmal meinte ich, in einen Operationssaal geraten zu sein: weiß gekachelt, Nickel und Chrom blitzten und flimmerten. Potter verlangsamte seine Schritte nicht.

Dann standen wir in einem Wintergarten. Hinter einer großen Clivia wartete Joe.

„Laß Bessy herein", sagte Potter.

Er setzte sich und bot mir einen der leichten, geflochtenen Stühle an. „Sie wissen, ich bin ursprünglich physiologischer Chemiker, aber ich habe mich auch viel mit Biologie im engeren Sinne befaßt, vor allem mit den Faktoren der Gewebsregeneration. Vielleicht haben Sie als Junge auch einmal eine Eidechse gefangen und ihr dabei die Schwanzspitze abgebrochen. Hat es Sie nicht erstaunt, daß die Eidechse in gewissem Maße diesen verlorenen Schwanz wieder nachwachsen lassen konnte? Was für Fermente, Hormone, Enzyme bewirkten das? Gewisse Reptilienarten besitzen einen Chemismus, der den höheren Vertebraten wieder abhanden gekommen ist.

Nun, ich konnte die komplizierte Struktur des Ineinanderpassens von Wachstumshormonen und katalytischen Fermenten entschlüsseln. Bei Muskelgewebe war dies relativ einfach. Fast unlösbar schien es für das höchstorganisierte Gewebe, das Nervengewebe. Und doch . . ." Potter unterbrach sich und lächelte. „Da ist ja meine Bessy!"

Ich traute meinen Augen nicht: Ein kleines, schneeweißes Kaninchen hoppelte herein, stellte sich zutraulich auf die Hinterpfoten, leckte Potters Hand und wackelte dazu wie verrückt vor Freude mit dem Stummelschwänzchen. Wedeln Karnickel wie Hunde mit dem Schwanz? Putzig sah das aus, die reinste Zirkusnummer. Und als das Kaninchen nun auch die Schnauze hob und kleine, heisere Bellerchen von sich gab, schüttelte ich mich vor Lachen.

„Daß Sie auch unter die Dresseure gegangen sind . . . einzig, Professor!"

„Meinen Sie?" Potter hielt mit dem Streicheln inne und wandte sich mir zu. „Für was halten Sie Bessy?"

„Nun, für das tollste dressierte Kaninchen, das ich je gesehen habe!"

„Wie sie sich verhält – das halten Sie für Dressur?"

Seine Frage machte mich stutzig. Warum fand ich eigentlich das Tierchen so komisch? Weil es sich verstellte, etwas sein wollte, was es nicht war. Daher das Clownhafte seines Benehmens.

„Sie haben Bessy als Hund dressiert! Schon der kleine Wakkelschwanz ist umwerfend ulkig! Die Television würde Ihnen Tausende zahlen. Bessy, das bellende Karnickel!"

„Nicht schlecht beobachtet, richtig getippt. Bessy ist ein Angorakaninchen mit dem Gehirn eines Pekinesen."

Mir wurde es unheimlich. Bessy aber lief munter umher, schnupperte an meinen Hosen wie weiland der Dackel Bürschle meines Großvaters draußen im Garten von Hockenheim, wedelte erneut mit dem Schwänzchen und sprang an Potter hoch.

„Sehen Sie, der Kaninchenkörper ist geblieben, aber das Hundegehirn bestimmt die Reaktion, die Verhaltensweisen. Konfliktsituationen bleiben natürlich nicht aus. Ich hatte ein Meerschweinchen mit einem Katzengehirn. Das Tier ist eingegangen, weil der Kehlkopf des Meerschweinchens nicht zum Schnurren eingerichtet ist. Diesen Streß, diese Zwangsneurose, hat das Tier nicht ausgehalten."

„Sie haben – Gehirne transplantiert?" fragte ich.

„Wie Sie sich eben überzeugen konnten. Haben Sie von der modernen Methode gehört, Operationswunden zu kleben statt zu nähen? Ich habe einen besonderen Bio-Kleber entwickelt. Sie wissen doch, daß das Gehirn durch die Gehirnnerven, aber vor allem durch das Rückenmark mit dem Körper verbunden ist? Kommen Sie, ich will Ihnen das näher erklären."

Von Bessy umhüpft, gingen wir in eines der Labors. Dort hielt mir Potter an Hand von Filmen, Kurven und Diapositiven ein Privatissimum über die Probleme der Regeneration von Nervengewebe und über die unzähligen Nervenbahnen, die bei einem Schnitt durch Rückenmark durchtrennt werden. Ich verstand bei weitem nicht alles; aber eins wurde mir klar: Potters Bio-Kleber war mit embryonalen Gehirnzellen durchsetzt, die mit Hilfe der von ihm entdeckten biochemischen Reaktionen und Aktivatoren sozusagen wie Infrarotsuchköpfe von Flugzeugabwehrraketen die passende Nervenfaser aussuchten, um sie mit der entsprechenden des vereinigenden Stückes zu verkleben und verwachsen zu lassen. Mikrobilder des Elektronenmikroskopes verdeutlichten es mir.

Als wir wieder in der Halle saßen – mittlerweile war es Abend geworden, und Joe hatte uns Sandwiches und einen leichten Weißwein gebracht –, war ich Feuer und Flamme. „Professor", rief ich enthusiastisch, „da könnte man ja einem unheilbar an Gehirntumor Erkrankten das Gehirn eines eben tödlich Überfahrenen einpflanzen! Haben Sie schon menschliche Gehirne übertragen?"

„Noch nicht", antwortete er. „Aber deswegen sind Sie ja hier. Ich brauche Ihr Gehirn, mein Lieber . . ."

Mir brach kalter Schweiß aus. Ich spürte, wie sich jedes Haar einzeln sträubte. Ich wollte aufspringen – aber da fühlte ich mich von hinten umklammert, nicht grob, aber unerbittlich. Es war Joe . . .

„Stellen Sie sich vor, Sie wachen morgen früh auf und blikken auf Ihre Hände – aber es sind nicht Ihre Hände, sie sind schwarz, grobrissig . . . Sie fühlen Ihren Kopf ab: plötzlich krauses Wollhaar . . ."

„Entsetzlich!" rief ich und versuchte, mich Joes Griff zu entwinden. „Sagen Sie ihm, er soll mich loslassen! Das wird Sie teuer zu stehen kommen! Sie sind wahnsinnig, Potter!"

„Nicht so, wie Sie meinen", antwortete er gelassen. „Ich brauche Ihr Gehirn, aber auf ganz andere Weise, als Sie sich das vorstellen. Sie werden mein Zeuge sein, und Sie werden über das schreiben, was Sie jetzt gleich erleben werden . . ."

Ich fühlte, daß mir eine Ohnmacht drohte. Meinen ganzen Willen zusammennehmend, bäumte ich mich auf, aber der Druck der schwarzen Arme, die mich von hinten umklammert hielten, ließ nicht nach.

„Es gibt Entdeckungen", fuhr Potter fort, „die so gefährlich sind, daß man sie zurücknehmen muß. Und das will ich jetzt vor Ihren Augen tun."

Er stand auf, entnahm seinem Schreibtisch eine dicke Mappe, ging zum Kamin, bückte sich, ein Streichholz flammte auf . . . Was hatte der Alte im Sinn?

Schlagartig kam mir die Erleuchtung. „Sie wollen Ihr eigenes Werk vernichten . . ."

„Halten Sie den Mund und reißen Sie die Augen auf! Schreiben müssen Sie darüber, junger Mann, schreiben!" Die Scheite fingen rasch Feuer, und fast genießerisch hielt er Blatt für Blatt in die züngelnde Lohe. Dabei wandte er mir sein rötlich beschienenes, erhitztes Gesicht zu und sagte: „Die Organtransplantation – ein enormer medizinischer Fortschritt, nicht wahr? Doch die Mafia beschäftigt bereits Berufskiller, um durch Mord Organe zu gewinnen, sie werden konserviert und an Kliniken verkauft. Und das dank meiner Erfindung nun auch mit Gehirnen? Nein, niemals! Abscheulich! Soll ich dazu beitragen, daß die Menschen sich gegenseitig umbringen? Gibt es Gegenmittel? Läßt sich der wissenschaftliche Fortschritt im Interesse der Humanität kanalisieren? Das sind Fragen, die mich alten Mann nicht schlafen lassen."

Ich saß steif und starr, Joe brauchte mich nicht mehr zu umklammern. Was ich sah, faszinierte mich: der alte, kräftige Mann, sein Haarkranz im Feuerschein wie von innen leuchtend – wie er sorgfältig, fast mit Genuß, sein Lebenswerk vernichtete. Ohne Hysterie, seiner Logik folgend ...

Noch heute, nach über einem Jahrzehnt, kommt mir das alles unwirklich vor. Niemand schenkte mir Glauben, die „Weekly Times" und alle anderen Blätter wiesen meine Artikel entrüstet zurück. Ich ging zu allen möglichen Koryphäen der Wissenschaft, um ihnen über Potters Erfindung zu berichten, ich bat sie, etwas zu unternehmen. Man belächelte mich milde oder wies mir sofort die Tür. Der „Mann mit dem Gehirntick", der verrückte Journalist ... Um mich nicht selbst zu ruinieren, gab ich es endlich auf. – Von Potter habe ich nichts mehr gehört. Es hieß, er sei nach Europa zurückgekehrt, habe sich irgendwo im Schwarzwald vergraben.

Doch die Fragen: Was darf die Wissenschaft, wann darf sie etwas, darf sie überhaupt alles, verfolgen mich noch heute wie damals den alten Professor. Alle Fachzeitschriften habe ich überprüft, nirgends fand sich der leiseste Hinweis darauf, daß ein anderer Potters Bio-Kleber auf der Spur wäre. Hat August Wilhelm Potter das letzte Wort behalten?

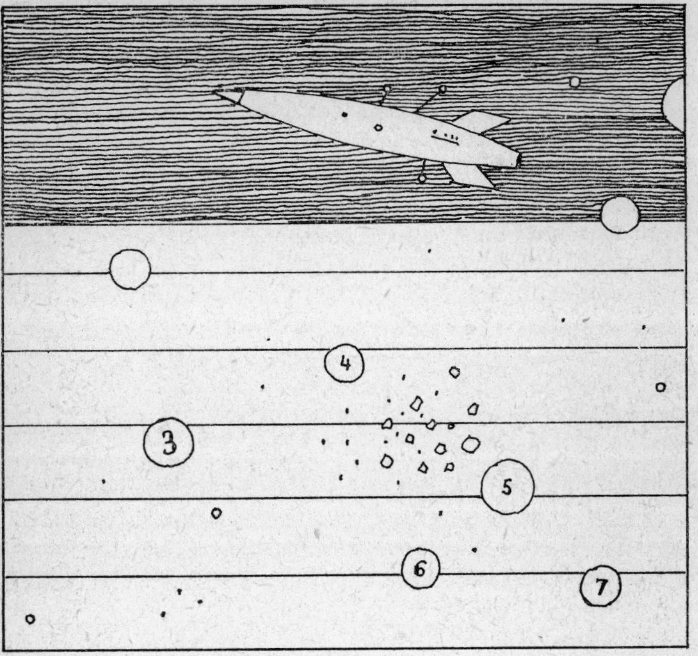

Die Landung findet nicht statt

Der Expeditionsleiter richtete seinen schweren, etwas müden Blick auf die vor ihm Sitzenden. Es war eine wichtige Entscheidung zu treffen, und daher hatte er alle Fachspartenleiter im großen Saal zusammengerufen. Da hockte der Chefastronom, hager, knochig, immer den Stift in der Hand, um rasch etwas aufzukritzeln; der Chefarzt, zugleich Fachmann für Hominiden, dessen stets unbewegtes Gesicht keine Gefühlsbewegung erkennen ließ; anders beim leitenden Physiker, der nie ruhig sitzen konnte, sondern ständig nervös hin und her ging. Der Biochemiker war ein junger, kräftiger, fröhlicher Bursche, sein erstes Weltraumabenteuer schien ihm immer noch ungeheuren Spaß zu bereiten, wogegen beim Geophysiker Säcke unter den Augen die Spannung anzeigten, unter der er stand.

„Nun, Sie kennen jetzt das Problem . . . Wollen wir planmäßig abbrechen und zurückfliegen oder dem Vorschlag unseres Physikers folgen, weiter in das vor uns liegende Sonnensystem eindringen und auf seinem dritten Planeten zu landen versuchen?"

Der Physiker blieb ruckartig stehen. Seine Stimme klang hoch, fast schrill: „Ich wiederhole: Da wir nun den unwiderlegbaren Beweis haben, daß dort vernunftbegabte Wesen leben, halte ich es für unsere Pflicht, nicht umzukehren, sondern unseren Beobachtungskurs zu verlassen, um weitere Erkenntnisse zu sammeln."

„Landen auf Planet 3?" warf der Chefarzt hin.

„Jawohl, landen, Kontakt aufnehmen, Verbindungen knüpfen, selbst sehen, wer sie sind – das sollte doch wohl Sie am meisten interessieren!"

Der Chefarzt wiegte leicht lächelnd den Kopf. „Erstens: bis jetzt wissen wir nur, daß das Dings da an uns vorbeigeflogen ist. Ob es aus diesem System gestartet wurde oder aus einem anderen, ist für meine Frage unwesentlich. Für mich ist es der Beweis, daß es andere gibt, denn von uns stammt dieses merkwürdige Gebilde nicht. Folglich ist durch die Holokopie, die wir gemacht haben, durch die Innensicht und Bahnvermessung klar, daß Donoms Theorie vom einmalig zufällig auf unserem Planeten entstandenen Leben widerlegt ist. Die Mechanisten haben eine entscheidende Abfuhr erhalten. Nur das zählt für mich."

Der Chefastronom stand auf und warf noch rasch einen Blick auf das vorhin von ihm Notierte. „Die Bahnberechnung dieses Dings in der Rückrechnung ergibt eindeutig, daß es vom 3. Planeten aus gestartet sein muß. Muß! Und zwar so raffiniert, daß es jeweils durch die Massenanziehung des nächsten Himmelskörpers quasi weitergereicht wurde. Wirklich ein sehr ökonomisches Vorgehen."

„Was aber auch ihren technisch unterentwickelten Stand zeigt", warf der Physiker ein.

„Und trotzdem bin ich gegen einen Einflug in dieses System", sagte der Chefastronom und hockte sich wieder in seinen Sessel.

„Kommen Sie mir bloß nicht wieder mit der alten Leier vom fehlenden Planeten", warf der Physiker gereizt ein.

„Warum diese Erregung?" Die Stimme des Geophysikers klang leidenschaftslos. „Fakten sprechen für sich. Zwischen Planet 4 und 5 ist eine Lücke, in der sich dieser Schwarm von Trümmern bewegt. Zweifellos existierte dort einmal ein Planet, das ergibt die Massenberechnung des gesamten Systems. Er muß explodiert sein. Durch den Aufprall eines Kometen? Unwahrscheinlich. Der hätte höchstens einen enormen Krater geschlagen. Ein abgestürzter Mond? Hätte sicher Schaden angerichtet, vielleicht die Drehachse verschoben, aber Explosion? Nein. Ein Zusammenstoß mit einem ins System eingedrungenen fremden Himmelskörper? Da wäre die gesamte Mechanik des Systems in Mitleidenschaft gezogen worden, wofür es keinen Beweis gibt. Bleibt also nur eins: Zerstörung durch Kernkräfte, die vernunftbegabte Wesen angewandt haben. Wann aber wendet man zerstörende Kernkräfte an? Im Krieg! Also aggressive, kriegerische Wesen, die zur Zeit der Zerstörung auf einem hohen technischen Niveau waren und zweifellos die anderen Planeten bereits betreten, wenn nicht gar besiedelt hatten. Und daß sie noch irgendwo existieren, beweist das von uns vermessene Objekt."

„Ich bin mit Ihnen einverstanden, was die Verbreitung dieser Lebewesen auf anderen Planeten betrifft", sagte der Biochemiker. „Wir nahmen doch wohl an, diese Zerstörung läge ca. 75 Millionen Umläufe zurück, berechnet nach der Umlaufzeit des derzeit in der Ökosphäre liegenden 3. Planeten. Das würde auch mit Werrys Hypothese der Belebung von außen nach innen übereinstimmen. Bekanntlich sagt sie aus, daß die lebensfähige Zone in einem System von äußeren Planeten im Zuge der langsamen Erkaltung des Zentralgestirns nach innen wandert, wenn dort die entsprechenden Voraussetzungen vorhanden sind. Die großen Gaskugeln der äußeren Planeten dieses Systems scheiden ja aus. Aber von dem angenommenen 5 über 4, 3 bis nach 2 ist das hier gegeben. Wobei wir ja feststellten: das Leben auf 4 ist sicherlich bereits erloschen, auf 2 wegen der großen Hitze erst im Urzustand, bleibt 3: viel Wasser, Atmosphäre – was erwarten wir mehr?"

„Bleibt die Aggressivität seiner Bewohner." Der Chefastronom war wieder aufgestanden und hatte seine Wanderung fortgesetzt. „Dieser ominöse Planet ist mit Sicherheit explodiert. Seine Reste schossen wie Kanonenkugeln durch das System und richteten eine Reihe von Verwirrungen an: der größte Teil seiner Masse erhielt einen zusätzlichen Bahnimpuls und wurde nach außen geschleudert, das war der Planetenkern. Folge: Der äußerste Begleiter des heutigen Planeten 5 wurde rückläufig. Auch Planet 6 wurde geschädigt, einer seiner Monde wurde zerrissen, ihr habt alle dieses merkwürdige Ringsystem gesehen, und der 2. Mond wurde ebenfalls rückläufig. Den nächsten, Nummer 7, ereilte ein besonderes Schicksal: Die Bombe flog so nahe an ihm vorbei, daß ein beträchtlicher Brocken von ihr losgerissen wurde und auf Planet 7 stürzte. Durch diesen Aufprall wurde der Planet so gedreht, daß er heute zum Unterschied von allen anderen Planeten mit seiner Rotationsachse praktisch in der Bahnebene liegt, also auf der Seite. Planet 8 war das letzte Opfer, auch bei ihm wurde ein Mond rückläufig und er selbst in seinen Bahnelementen gestört. Und Planet 9? Er ist der Rest des geplatzten ehemaligen 5., dessen kinetische Energie sich endlich erschöpft hatte. Der Materieaußenmantel aber ist diese verdammte Masse von Kleinstkörpern, die wir zwischen Planet 4 und 5 festgestellt haben. Außerdem unterscheidet sich dieser ‚letzte Planet' erheblich von dem, was man vom äußersten zu erwarten hätte: er ist gegenüber 4, 5, 6 und 7 völlig untypisch und gleicht in Masse und Lichtabstrahlung eher 3 und 2."

„Donnerwetter, eine ganze Vorlesung!" Der Chefarzt lächelte ironisch. „Und daraus wollen Sie die Aggressivität der heutigen Bewohner von Planet 3 ableiten? Ich folge Ihnen nur insoweit, als auch ich sicher bin, das Ding ist von dort abgeschossen worden. Schauen wir es uns doch noch einmal an, bitte."

Der Expeditionsleiter nickte, und gleich darauf stand plastisch im verdunkelten Raum ein Körper, spindelförmig, aber mit stumpfem Ende, seitlichen glitzernden Flügeln, zahlreichen Auswüchsen, blinkenden Augen. Zweifellos kein Naturprodukt, sondern ein künstliches Gebilde. Die nächste Darstellung zeigte eine Durchleuchtung, man sah schattenhafte Apparaturen unbekannter Funktion, aber eines war sicher: Vorrichtungen zur Registrierung elektromagnetischer Wellen waren vorhanden – für Ultrakurz, Wärme, Licht, Gamma- und kosmische Strahlen.

„Mir ist immer noch unklar, was diese Striche da bedeuten", meinte der Biochemiker. „Sieben rote und sechs weiße ... Und dann das Feld mit den fünfzig weißen Zäckchen im Blau? Chemische Formeln können das kaum sein."

„Diese Zäckchen sind vielleicht symbolisierte Sterne", meinte der Chefarzt. „Und die Zahl? Vielleicht sind es die fünfzig wichtigsten Sterne, die sie kennen?"

„Oder ein Zahlencode", warf der Chefastronom ein.

„Und dann noch diese Zeichen, so komisch, das kann doch fast keine Schrift sein. Ich habe sie mir abgezeichnet." Der Chefastronom reichte das Blättchen herum: PIONEER X. Niemand konnte sich auf diese Krakelei einen Reim machen.

„Ich bin für Rückflug." Dunkel klang die Stimme des Expeditionsleiters. „Und zwar gerade deshalb, weil wir dieses Hologramm aufgenommen haben. Wir bringen den Beweis, daß unser Leben kein Zufallstreffer in der Lotterie war, sondern, wie schon viele Gelehrte im Gegensatz zu dem Tiefdenker Donom nachwiesen, Leben überall im Kosmos gesetzmäßig entsteht, wenn die entsprechenden Voraussetzungen vorhanden sind. Und die sind allein in unserer Galaxis millionenfach."

„Aber was für ein Leben? Auch auf Eiweißbasis oder vielleicht völlig anders, für uns zunächst gar nicht als Leben erkennbar?" warf der Biochemiker ein.

„Glauben Sie, dieses Ding da, das wir eben gesehen haben, mit allen seinen Apparaturen, das haben Pantoffeltierchen gebaut?" Der Physiker war immer noch verärgert. „Das ist für mich der beste Beweis dafür, daß sich auch Lebensformen ähneln, wenn Leben entsteht und es zur Ausbildung einer hohen Intelligenz kommt."

Der Biochemiker stritt. „Da bin ich aber ganz anderer Meinung. Warum soll nicht ein höheres Leben sich zum Beispiel auf Siliziumbasis entwickeln? Warum soll sich der genetische Code gerade so wie bei uns in einer Doppelhelix mit Aminosäuresprossen verschlüsseln?"

„Herrschaften", schlichtete der Chefarzt, „Tatsache ist: Das Ding ist produziert. Also müssen diese Wesen die Arbeit kennen. Riesige Weinbergschnecken, auch mit einem Zentralnervenknoten wie drei Köpfe, können eben kein Metall bearbeiten. Zweitens: Dazu müssen sie Hände haben, ein Informationssystem, ein Orientierungssystem, Augen, Ohren, sicher nicht drei, sondern zwei, weil bei drei Ohren die Orientierung im Raum gestört wäre. Sie werden sicher auch gehen wie wir und nicht auf ihrem Bauch auf einer Schleimspur kriechen. Um ihre Zeichen zu fertigen, müssen sie Finger haben, kurzum, ich meine, wir haben vielerlei Gründe, sie uns so vorzustellen, wie wir sind. Zugegeben, Varianten sind sicher vorhanden. Vielleicht haben sie nur fünf Finger oder sechs und nicht sieben wie wir und nur einen in Opposition zu beugenden Daumen – das wäre möglich. Vielleicht haben ihre Finger nur drei oder vier Glieder und damit keine so große Beweglichkeit wie bei unserer Vielgliedrigkeit. Vielleicht besitzen sie nur Sinnesorgane für Licht und nicht für die anderen elektromagnetischen Wellen. Vielleicht sind sie empfindlicher gegenüber der Schwerelosigkeit im Weltraum und können ihr Gleichgewichtsorgan nicht bewußt abschalten. Das halte ich alles für möglich. Aber daß irgendwelche Mollusken oder Eidechsen oder Gliederfüßler so etwas wie eine ‚Raumsonde' konstruieren, das halte ich für unmöglich."

„Und warum antworten sie nicht auf unsere Sendungen im Radio und jetzt im Gammabereich?" Der Physiker stand auf und trat vor den Chef. „Ich meine: Trotz der Gefahr einer aggressiven Haltung sollten wir hinfliegen. Wir sollten wissen, was das für welche sind. Zugegeben, es kann alles stimmen, was der Chefarzt sagt, es kann . . . Aber wenn sie zum Beispiel lebende Wesen fräßen, um sich zu ernähren, wenn sie sich gegenseitig totschlügen, um sich zu bereichern, wenn sie in Gruppen aufgespalten wären, die sich zerfleischen? Das wäre zwar schlimm, aber doch wichtig zu wissen."

„Lockt Sie das Abenteuer, mein Lieber?" Die Stimme des Chefastronomen klang spöttisch. „Ich bin für den Chef. Zurück, möglichst rasch. Unsere Ankunft wird den Streit unter den Tiefdenkern beenden und ein für allemal die überhebliche Hypothese von der Einmaligkeit unserer Art im Kosmos begraben. Warum ich das für so wichtig halte?" Er lächelte ein wenig. „Nun, unsere Großmannssucht wird einen gesunden Stoß erhalten. Zweitens wird bei vielen das unerträgliche Gefühl, daß unsere Art zufällig und quasi als Abfallprodukt der Entwicklung entstanden sei, beseitigt. Und drittens gönne ich dem aufgeblasenen Donom einen Dämpfer, wenn im Großen Saal der Akademie der Wissenschaften das Hologramm dieser – wie sagten Sie so treffend – Raumsonde erscheinen wird."

„Und warum, so wird man fragen, haben wir sie nicht im Original mitgebracht – wird man uns das nicht zum Vorwurf machen?“ Das sonst so glatte Gesicht des Chefarztes sah bei dieser Frage mit einemmal besorgt aus.

„Als wir erkannten, dies ist ein künstliches Gebilde, von uns unbekannten Intelligenzen geschaffen und ins All geschickt, hatte ich als Kommandant kein moralisches Recht, das Programm dieser anderen durch An-Bord-nehmen ihres Erkundungskörpers zu stören. Das wäre Raumpiraterie, und damit sollten wir die erste Begegnung mit unseren unbekannten Brüdern nicht beginnen. Ich beende die Debatte und gebe Befehl: Unsere Station beendet ihr Programm und kehrt unverzüglich zurück. Alle begeben sich in die Anabioseabteilung. Erste Pulsation im Null-Raum in“ – er blickte auf seinen Zeitmesser – „50 Zeger.“

„Soll ich nicht noch einmal mit Gamma-Strahlen rufen?“ fragte der Physiker fast bittend.

„Der letzte Ruf war vor einer viertel Deklinade. Zeit genug, um darauf zu reagieren, wenn sie technisch schon zu einer Antwort fähig sind. Schon damals war der Strom der elektromagnetischen Wellen im Gamma-Bereich sehr stark, Sie wissen, daß ich befürchtete, dadurch Leben zu gefährden, anderes Leben, wie uns unser Chefarzt so plastisch darlegte. Nein, Abflug, in der befohlenen Zeit.“

Er stand auf. Sein Befehl war Gesetz. Man würde die Beobachtung dieses merkwürdigen Sonnensystems abbrechen, aber man würde wiederkommen, dessen waren sie alle gewiß.

Während die Besatzung mit wächsernen Gesichtern in den Anabiosekapseln lag und die Automaten unablässig Ströme farbiger Medikamente in ihre erstarrten Körper fließen ließen, setzte das wuchtige Raumschiff, vom Kybernet gesteuert, zum ersten gewaltigen Sprung in den Raumknoten an, zur ersten Pulsation, der noch fünf weitere folgen würden, ehe sie der heimatliche Planet begrüßen konnte.

So fand also die Landung nicht statt, und auch auf der Erde vermißte niemand die Ankunft der Außerirdischen, obgleich die Erwartungen vieler Menschen seit Jahren auf ein solches Zusammentreffen gerichtet waren. Endlich zu wissen, ob die Menschheit Brüder und Schwestern besitze, war keineswegs nur die Sache weniger Astrobiologen. Nein, immer wieder entzündete sich der Meinungsstreit an dieser Frage. Doch die Landung fand nicht statt und wurde auch von niemandem erwartet. Und doch hätte man sie erwarten und versuchen können, eine Antwort zu geben, sich verständlich zu machen, zu zeigen, daß man begriffen habe: hier kommen sie, *endlich*, sie kündigen sich an, wir erwarten euch. Kommt, landet, zeigt euch, ihr Sternenbrüder!

Mitte Oktober 1973 gab es eine Meldung, daß in der UdSSR unbekannte Signale aus dem All aufgefangen wurden. „Es ist nicht ausgeschlossen, daß sie von einer technisch hochentwickelten außerirdischen Zivilisation ausgesandt werden", meinte Professor Samuil Kaplan von der Universität Gorki*. Und am 16. April 1974 berichtete ein Zeitungsartikel von der Suche nach der Quelle der Gammastrahlung, die mit einer Dauer von einer bis zehn Sekunden vom sowjetischen Satelliten ‚Kosmos 461' registriert und auch zuvor von amerikanischen Raumkörpern als eruptionsartige Strahlung festgestellt worden war**. Daß mit PIONEER X etwas geschehen sein muß, steht außer Zweifel, denn die Sonde reagierte plötzlich nicht mehr auf Funkkommandos von Houston. Man nahm Beschädigung durch einen Mikrometeoriten an. In Wirklichkeit ist die Durchleuchtungsdosis bei der Herstellung des Hologramms der Exterristen zu stark gewesen. Doch wer vermutet das schon in Houston, und wer bringt die beiden Zeitungsmeldungen in einen Zusammenhang? Man kann sich ja nicht alles merken . . .

* Vgl. „Neues Deutschland" vom 17. Oktober 1973.
** Vgl. „Neues Deutschland" vom 16. April 1974.

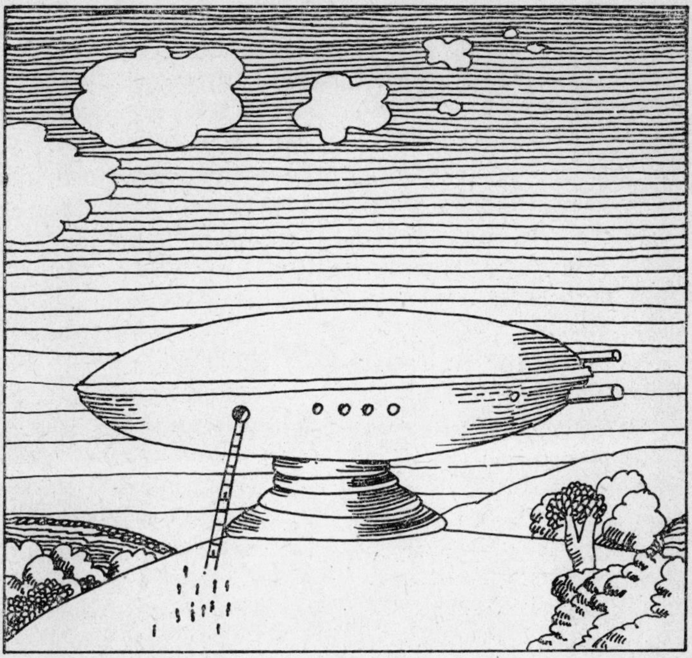

Der Besuch des Lauriniden

Es klopfte an meine Tür. Genossin Erika, seit Jahren meine in allen Stürmen erprobte Sekretärin, machte ein ganz merkwürdiges Gesicht. „Da will dich einer sprechen", sagte sie und reichte mir ein kleines elegantes Visitenkärtchen über den Schreibtisch. Gespannt blickte sie mich an, als ich las:

Laurino Laurinelli
Artista
Bolzano, Via Manzoni 11
Italia

„Er ist – so", sagte Erika und zeigte mit der flachen Hand eine Höhe von etwa einen Meter zwanzig an. „Er versteht gut Deutsch und will dich unbedingt sprechen. Wegen des Buches."

Jetzt verstand ich Erikas Gesichtsausdruck. Ein derart winziger Italiener dieses Namens in Dresden, der mich sprechen will, das war schon sehr merkwürdig ... Erika hatte ja alle Phasen der Entstehung meines utopischen Romans aktiv mit durchlitten, in dem ich behaupte, die Zwerge der Dolomiten seien gestrandete Raumfahrer, und dies bis auf den sagenumwobenen Zwergenkönig Laurin zurückführe. Und nun Signore Laurino Laurinelli in meinem Vorzimmer, nicht größer als ein Zwerg ...

„Ich lasse bitten."

Ein lebhafter kleiner Mann, wohlproportioniert, kein gnomenhafter Kleinwuchs und auch kein Liliputaner, betrat mein Zimmer, zartgliedrig, Mitte der Vierzig, mit dunklem Haar, glattrasiert (heimlich hatte ich einen faltigen Greis mit langem grauem Spitzbart erwartet), und stellte sich in gutem Deutsch vor: „Sehr erfreut, Herr Doktor, daß Sie mir Ihre kostbare Zeit widmen. Laurino Laurinelli mein Name. Ich bin Künstler, gehöre dem Ensemble von Eusebio Struller an, der zur Zeit in Ihrer schönen Stadt gastiert. Zufällig habe ich vor einiger Zeit Ihr Buch gelesen, und ich nehme mir daher die Freiheit ..."

Mit einer einladenden Handbewegung forderte ich meinen Besucher zum Platznehmen auf. Eusebio Struller war mir natürlich ein Begriff, doch leider hatte ich noch keine Zeit gefunden, eine seiner Vorstellungen zu besuchen. Das wollte ich gerade sagen, als Signore Laurinelli fortfuhr: „Sie werden sich denken können, wie fasziniert ich von Ihrem Buche war, haben Sie doch darin unser Schicksal geschildert ... Allerdings in einigen Details nicht ganz den Tatsachen entsprechend – und darum bin ich hier."

„*Unser* Schicksal?" fragte ich verwundert.

„Ja, das Schicksal von uns Lauriniden auf der Erde. Sie gehören doch dazu, nehme ich an. Woher hätten Sie sonst diese detaillierten Kenntnisse, Signor Dottore!"

„Nicht daß ich wüßte." Ich schüttelte energisch den Kopf. „Ich bin ein biederer Schwabe, habe nie etwas von irgendwelchen Lauriniden gehört und versichere Ihnen: Alles, was ich in meinem Roman über die Zwerge geschrieben habe, ist Erfindung, reine Phantasie!"

Nun war das Erstaunen an ihm. „Mamma mia, wie ist das möglich?" rief er aus und rang in komischem Entsetzen seine schlanken Hände. „Denken Sie nach, verehrter Dottore, das kann nicht sein! Sie müssen ein Lauriniide sein ... Haben Sie keine Ahnen aus dem südlichen Tirol, aus Bozen?"

„Nicht daß ich wüßte", wiederholte ich. „Ich bin eher dadurch inspiriert worden, daß sich schon eine meiner Großmütter mit Zwergensagen beschäftigte und ein Kinderbuch mit dem Titel ‚Der Zauberspiegel der Zwerge' herausgab."

Laurinellis Gesicht verklärte sich. „Sehen Sie – eine Großmutter hätten wir bereits. Haben Sie nie Familienforschung getrieben, gibt es in der Ahnenreihe dieser Großmutter niemanden aus Tirol?" Der kleine Herr beugte sich über meinen Schreibtisch und blickte mich mit seinen großen, dunkelblauen Augen beinahe bittend an.

Nun, Familienforschung war bei uns schon betrieben worden, es gab sogar einen gedruckten Stammbaum, auch einen von der Seite meiner Großmutter väterlicherseits, der mit den Zwergenmärchen. Eigentlich wider meinen Willen begann ich intensiv nachzudenken, und – tatsächlich! Da tauchte urplötzlich der Name Katharina Weiß vor mir auf, von der es hieß: geboren in Strenz, Tirol, 1689, Exulantin um ihres Glaubens willen ...

„Ich sehe es Ihnen an – Sie haben gefunden! Haben Sie, Dottore?"

Ich nickte versonnen. „Ja, Sie haben recht, eine meiner Ahnfrauen stammt aus Strenz, Tirol, eine Exulantenfamilie, von dort wegen ihres protestantischen Glaubens vertrieben und nach Schwaben gekommen ..."

Er unterbrach mich, ergriff meine Hand und rief: „Ein Laurinide! Ich ahnte, nein, ich wußte es: Nur ein Laurinide kann dieses Buch geschrieben haben!"

Mir wurde es heiß, und gleichzeitig hielt ich das für den größten Humbug, den ich je gehört hatte.

„Laurinide, was soll das heißen?"

„Ich erkläre Ihnen." Laurino Laurinelli setzte sich und begann zu sprechen, so schnell, so übersprudelnd, daß ich ihn oft bitten mußte, langsamer zu reden.

„Bene. Sie schrieben, Havarie der Exterristen 405 nach Christus im Rosengarten über Bozen. Das stimmt, das war so. Laurin ist historisch. Wir alle, die wir auch nur ein Tröpfchen seines Blutes oder eines seiner Begleiter in uns tragen, sind Lauriniden. Doch ich" – er deutete eine kleine Verbeugung an – „bin ein direkter Nachfahre Laurins, daher sind mir alle Geheimnisse von meinem Vater anvertraut worden. Mein Vater war übrigens von normaler irdischer Größe, nur selten schlagen die alten Gene durch – so wie bei mir. Unsere Vorfahren sind damals im Rosengarten gelandet, nicht weil wir, wie Sie schrieben, die Terrasse von Baalbek verfehlt hätten – nein, weil sie als Landepiste nicht mehr benutzbar war. Es stand ein großer Tempelkomplex darauf, der Jupitertempel, von den Römern erbaut. Den konnte man doch nicht zerstören – aber man flog bereits zu tief, daher kam es zur Havarie oberhalb Bozens."

Ich war baff. So also spann er meine Phantasie weiter, der kleine Schauspieler aus Strullers Truppe. Langsam begann mich die Geschichte zu amüsieren. „Und dann?" fragte ich.

„Dann? Man versuchte sich anzupassen. Sie wissen ja, daß Laurin sich taufen ließ und Kürhild von Steyrmark heiratete. Sie hatten zahlreiche Kinder. Die ganze Mannschaft verehelichte sich, und ihre Nachkommen verschmolzen so mit den Irdischen."

Ich grinste ein wenig. „Toller Zufall, daß Laurin ebenfalls 46 Chromosomen hatte“, meinte ich. „Das wagte ich allerdings nicht zu schreiben.“

Laurinelli lächelte mild. „Wir hatten ursprünglich 52 Chromosomen. Aber was bedeutete das schon für unseren Expeditionsgenetiker! Man überlegte natürlich sorgfältig, welche sechs Gene man opfern wollte. Man kam zu einer Einigung und radierte sozusagen aus unserem genetischen Code die sechs überflüssigen Gene aus, nur durch die Einnahme einer simplen Tablette, die der Bordchemiker entwikkelt hatte. Das war im Kristallschloß, wenn es Sie interessiert. Und so konnten wir uns vermehren und aufgehen unter den Irdischen. Nach und nach gingen uns leider die Kenntnisse verloren, doch die Erinnerung an unsere außerirdische Herkunft blieb erhalten. Daß es so ist, beweist auch Ihr Buch.“

Langsam wurde es mir zuviel. Schärfer, als vielleicht gewollt, sagte ich: „Quatsch! Meine Geschichte, die Zwerge seien gestrandete Raumfahrer, nun gut, sie hat Ihnen offensichtlich gefallen, Ihr Name brachte Sie auf die Idee, diesen deutschen Autoren ein wenig zu frozzeln, es war witzig und nett ...“

Er erbleichte und sprang auf. „Dottore, o madre mia! Sie mißverstehen mich! Es ist so, wie ich sagte! Aus Ihrem Unterbewußtsein sind Erinnerungen an die Vergangenheit aufgestiegen; sicherlich war Ihre Ahnfrau aus Strenz eine Laurinidin, und Ihre verehrte Frau Großmutter hatte bereits erste Ahnungen, die sich bei Ihnen durch Ihre fachlichen Kenntnisse verdichteten.“

„Ja, dichten, da haben Sie recht“, antwortete ich heiter. „Alles erdichtet, erstunken und erlogen. Warum hat man nicht nach der havarierten Laurin-Mannschaft gesucht?“

„Hat man. Sie selbst haben ja über Quetzalchoatl, den weißen Gott, geschrieben. Und über die Expedition in Mexiko. Und über das Unglück 1908 in der Tunguska ...“

„Und warum nach der Explosion in der Tunguska kein neues Raumschiff? Wissen Sie das auch?"

Es sollte ironisch klingen, kam aber nicht so heraus. Laurinelli antwortete: „Auch darauf haben Sie selbst eine Antwort gegeben. Wo ist die Heimat der Lauriniden? 76 Lichtjahre entfernt im Sternbild der Schlange. Jetzt haben wir 1974. Erst in zehn Jahren wird man dort von der Zerstörung des Raumschiffes über der Tunguska erfahren. Dann rechnen Sie einige Jahre mit Auswertung und Neuausrüstung. Ergo wird man ab dem Jahre 2070 mit einer Reaktion auf das Unglück von 1908 rechnen können."

„Sechsundsiebzig Lichtjahre", rief ich aus. „Wie sollten das Laurin und seine Gefährten überstanden haben!"

„In der Anabiose natürlich", entgegnete mein Besucher schlicht. „Sie sind doch Arzt, das ist sicherlich dort seit Tausenden Jahren möglich. Ich selbst habe eine bescheidene Gabe in ähnlicher Richtung. Bevor Struller mich entdeckte und zum Theater holte, trat ich in Varietés auf – mit Laurinellis Totenstarre. Temporäre Anabiose, wenn Sie so wollen. Dottore, ich wollte Sie mit meinem Besuch nicht erschrecken. Aber glauben Sie mir: Auch Sie sind ein Laurinide! In den Zellen Ihres Gehirns ist die Erinnerung an das alte Schicksal codiert."

Streitsüchtig rief ich: „Es gibt keine Vererbung erworbener Eigenschaften!"

„Das Leben unter anderen Sonnen entwickelt sich anders", gab mein Gegner mit milder Stimme zurück. „Bis jetzt kennen wir nur zwei Formen intelligenten Daseins in unserer Galaxis, und siehe, sie haben sich vereint, sind verschmolzen, um nur vereinzelt ihre Gegensätzlichkeit aufbrechen zu lassen – wie in meiner geringen Körpergröße und in Ihren Erinnerungen an die uralte Geschichte unseres Geschlechtes."

Er lächelte. Auf einmal erschien mir dieses Lächeln spitzbübisch. Machte es ihm Spaß, so mit seinem Namen und meinem Roman zu spielen und diesen Dottore, der sich so eine unmögliche Geschichte ausgedacht hatte, ein wenig zu verwirren ...?

Unvermittelt stand Signor Laurinelli auf, reichte mir seine Hand und sprach: „Ich habe genug Ihrer Zeit in Anspruch genommen, es hat mich sehr gefreut, Sie kennengelernt zu haben, auf Wiedersehen, Herr Vetter!“ Sprach’s, nickte noch einmal freundlich mit dem Kopf und schritt hinaus.

Erika kam herein, verwirrt. Eine Doppeltür gab’s bei mir nicht, und wir hatten laut genug gesprochen. Es waren ja keine Geheimnisse gewesen.

„Hat deine Großmutter wirklich Zwergenmärchen geschrieben?“

Ich schreckte aus meinen Gedanken auf. „Hat sie. Ich mache mir einen Knopf ins Taschentuch und bringe sie dir morgen mit, wenn’s dich interessiert.“

Erika nickte. „Und“, ihre Stimme klang ein wenig belegt, „stimmt auch das mit deiner Ahnfrau aus Tirol, die von dort vertrieben wurde, weil sie Protestantin war?“

„Stimmt auch.“

Erika sah mich mit großen Augen an und wandte sich wortlos zur Tür. Sie drehte sich noch einmal um, in ihrem Gesicht stand eine unausgesprochene Frage: ‚Bist du, lieber Genosse, vielleicht doch ein Laurinide?‘ Doch sie schluckte die Frage hinunter und ging.

Und ich? Ich begann, diese phantastische Geschichte aufzuschreiben.

Inhalt

© Greifenverlag zu Rudolstadt
1. Auflage 1976
Lizenz-Nr. 384-220/9/76
LSV 7004
Schutzumschlag und Einband: Rolf F. Müller
Printed in the German Democratic Republic
Klischees: Karl-Marx-Werk Pößneck
Satz, Druck und Bindearbeit: VOB Buch- und Offsetdruck, Leipzig
Gesetzt aus der Korpus Garamond-Antiqua
Bestell-Nr. 525 160 4
EVP 5,40 Mark